転生したら捨てられたが、拾われて楽しく生きています。 3

登場人物紹介
マリッサ
ジョーと共に『木陰の猫亭』を営むミリーの養母。実は商業ギルドの長・エンリケの孫で、エンリケからは溺愛されている。
ジョー
マリッサと共に『木陰の猫亭』を営むミリーの養父。快活な性格で家族思い。ミリーと共にレシピ開発に勤しむ。
ジーク
ジョーとマリッサの間に生まれたミリーの弟。猫とボーロがお気に入りな無敵の一歳児。
ミリー
本作の主人公。快適な異世界生活のため、魔法チートを生かしつつ数多のレシピを再発明中。菓子店開店を目指して奮闘中。

ラジェ
木陰の猫亭に住み込みで
働くことになった新しい従業員。
どことなく高貴な雰囲気がある。
耳が不自由。
シルヴァン
かつてミリーの
魔力検査の場に居た神官。
実はマリアンヌの夫で、
死別したマリアンヌを
深く愛し続けている。
マリアンヌ
レオナルドの妹で、シルヴァンに
降嫁した元王女。
次期公爵・シルヴァンに嫁ぎ、
仲睦まじい生活を送っていたが、
今は故人。
レオナルド
王太子。ミリーに疑念を抱き、
調査をする。妹のマリアンヌとは
仲が良く、友人・シルヴァンとの
幸せを願っていた。

ミリアナの日常

東の空が白む頃、こっそり一人で屋上へと向かう。今日は猫亭で誰よりも早起きしてしまった。屋上の修理が終わってからというもの、一人になりたい時にはこの屋上に来る。澄んだ空気で深呼吸をする。

「気持ちいい朝だ」

行き交う人はまだ少なく、世界に一人しかいないようなこの時間はなんだか不思議な感じだ。この時間だし誰も見ていないだろう。上空を確認するといつもうるさい鳥も今日はいない。よし。

風魔法の応用で編み出した浮遊を使い宙に浮かび、ぐんぐん上昇する。四階建ての猫亭が小さくなっていく。

「わぁ、ここまでの高さを飛んだのは初めてだ」

怖いかと思ったけれど、この風の音しか聞こえない世界は意外と落ち着くものだ。

見上げれば、モドラーと名前の付いている青い大きな星がある。

前世の月よりも大きいそれは昼夜問わずいつも輝いている。これを見る度にここは地球でない異世界だと思い出す。

朝日が徐々に昇り始めると、猫亭の屋上からは暗くて見えなかった遠くにある大きな建物が目に映る。

この距離から見ても豪華なその建物は王都で一番大きいと言っても過言ではない。

あれは、多分位置的にも王宮だろうな。凄い大きさだ。きっと中の造りも贅沢なのだろう。ペーパーダミー商会の税金もしっかりあそこに流れているのだろうな。

ペーパーダミー商会のレシピは売り上げが毎月右肩上がりだ。商会の出店予定の菓子店の準備もミカエルさんの働きで順調。もうすぐ物件の内見にも行く予定だ。

前世とは違う世界に転生して、不便と思った時期もあるけれど、私は今最高に幸せで自分の進むべき道を歩んでいると思う。

冷えた風が吹きブルっと震える。

「ちょっと上昇し過ぎたかな。寒いし、もう降りないと誰かに見つかりそう」

ゆっくりと屋上まで下降する。一応辺りを確認するけど、この辺りでは猫亭が一番高い建物なので目撃者はいないだろう。そろそろ部屋に戻ろう。

私たち家族の居住スペースの四階へ戻りドアを開けると、丁度ジョーと鉢合わせる。

「ん。ミリー、どこに行っていたんだ？」

「お父さん、トイレだよ」

困ったらトイレネタで誤魔化《ごまか》す。大抵はこれで乗り切れる。

「そうか。早起きしたのなら今日は厨房の手伝いでもするか？」

「うん！　着替えてから行くね」

急いで汚れてもいい服に着替え、マリッサの作ってくれたエプロンを着けポケットの猫の刺繍《ししゅう》を確認する。

（今日も猫が可愛い）

猫亭の厨房に到着すると、ジョーはすでに朝食の調理を開始していた。

「お父さん、何をすればいい？」

「ああ、朝食のパンをトレーに並べた後にサラダを盛りつけてくれ」

「了解です。隊長！」

ジョーは厨房での作業を毎日ほとんど一人でこなしているけれど、そろそろ限界が来ていると思う。猫亭が忙しくなったというのもあるけれど、ジョーの料理の腕が上がるにつれメニューも時間の掛かるものが増えてきたからだ。ジョーは料理好きなので、きっともっと料理研究の時間が欲しいだろうが……今はそういう時間が作業に削られている。

「なんだ、俺をジッと見て」

「もっと厨房でお手伝いできたらなって思って」

「ああ、そんなことか。気にするな。実は近々解決できそうなんだ。それよりサラダを急いでくれ」

朝食のラッシュが終わり、ちょっと疲れた体でマリッサとジークの食事を四階に持って上がる。

「あら、ミリー。今日は、お手伝いをしてたの？」

「うん。せっかく早く目覚めたからね。朝食持ってきたよ」

「助かるわ。ジークの朝食をお願いできるかしら。昨日、レース編みが楽しくて夜更かししたせいで、今日は寝坊しちゃったのよ」

マリッサが仕事に向かう準備をしながら言う。

趣味のレース編みや刺繍を繕い物のあとにやっているのは知っていたが、たまに没頭して夜更かしをしているらしい。

やや顔色の悪いマリッサに見つからないようヒールを掛ける。

「無理しないでね」

「ええ……あら？　なんだか体の調子は良くなった気がするわ」

そのまま仕事に向かおうとするマリッサを止める。

「お母さんがいつも言っているよ。朝食はちゃんと食べなさいって」

「ふふ。そうね。ミリーがどんどんお姉さんになっていくわね」

マリッサとジークと一緒に朝食の席に着く。

私はすでに朝食とつまみ食いを厨房でたくさん済ませていたので、手掴みで朝食を食べるジークの食事を手伝う。

最近は自分で掴むのが良いみたいで、スプーンも少しずつ導入しているが、手掴みが一番のようだ。

「ジークの好きなお芋さんだよ。アーは？」

「あー」

今日はまだ完全に起きていないのか、たまに嫌がるスプーンからも素直に潰した芋をモグモグと食べてくれる。

「それじゃ、お母さん行ってくるね。ジークをお願いね」

「うん。今日はジークとたっぷり遊ぶ予定だよ」

マリッサが去り、今度はマルクが起きてくる。

「マルク、おはよう。ネイトとケイトは？」

「お兄ちゃんはもう仕事に出かけたけど、ケイトお姉ちゃんはまだ寝ているよ」

スミスきょうだいは、冬の間に寒かった三階から私たちのいる四階に移り一緒に暮らしている。

四階は私の温風魔法でぬくぬくだ。

そろそろ暖かくなってきたから、また三階に戻る予定だけど……なんだか三人がいるのに慣れてしまった。しんみりしていたらジークが大声で叫ぶ。

「ねぇね！」

「おお、ジークは元気だね。今日は何をして遊ぼっか」

ジークを持ち上げると、想像より結構重いので風魔法を使い負担を軽減する。

「きゃきゃ。ブンブン！」

ブンブンとは多分空を飛ぶことだ。たまにジークと二人きりの時は、一緒に軽く宙を飛びあやしていたのだ。リビングではマルクが朝食中なので部屋へ行きジークを抱えたまま軽く飛ぶ。

「ジークどう？　これ好き？」

「ねぇね。ちゅき」

ああ、このままとろけそうだ。この笑顔のためならねぇねはなんでもするから！

ロイの平穏

ロイ・アズール。アズール商会の三代目会頭。

アズール商会は元々港町アジュールの領主一族の一人が起こした商会だったが、今の領主との関係性は以前ほど強くない。

ロイも平民としてアジュールで育ち、後に王都学園を卒業。アズールの会頭になってからは積極的に王都へ進出していた。

多くの商人の子息子女にとって、有意義な交友関係を築くために王都学園に入学するのは必須だった。

ロイもその内の一人で、決して魔力は高くなかったが、その分を学力で補い入学。商売のこと以外は特に興味を持たずに送っていた学生生活も当時変装で身分を隠していた王太子のレオナルドから声を掛けられ変わる。他人に振り回されたことがなかったロイは困惑しながらもレオナルドとの交流を楽しんだ。

ロイのレオナルドへの印象は『腹黒とカリスマ性』だ。

いつも笑顔だが、思考が読めない。ロイはそんなレオナルドを面白いと思った。

卒業後に王太子だと身分を明かされた時も、ロイは「ああ、だろうな」とすぐに納得した。そんなレオナルドとロイの関係は今だに続いている。

ロイは一度、何故自分みたいな一商人に構うのか、と聞いたことがあった。

レオナルドには「お前は不正やズルができない人種だから」と笑顔で返答された。

ロイは凡眼《ぼんがん》の自分には意味が分からない、と当時からレオナルドの言動に関しての深追いはやめていた。

(最近の王太子は、以前にも増して何がしたいのか全く分からない)

レオナルドに東商業ギルド長エンリケのひ孫とやらがギルドで何をしてるか調べるよう命令を下されたかと思えば、すぐに調査を撤回された。

ロイは困惑したが、正直エンリケとそのひ孫を見張るほど暇ではなかったので、着手前に調査を撤回されたことには安堵した。

(王太子が平民の子供を調べているのは奇妙だが、ただの子供だろ?)

子供といえば。

最近よく遭遇するミリーのことを思い出しロイは口角を上げる。

あの子供の話の切り返しは楽しい。子供とは思えない、まるで年上の女性と話しているようだとロイは感じていた。

ロイは、ミリーがアズール商会に来店した時も、素性を暴こうと父親にまで探りを入れたが家名を聞き出すことすらできなかった。得た情報はミリーが本気で砂糖のスプーン食いをやる予定だということだけだった。

「砂糖のスプーン食い……目が本気だったな。砂糖や蜂蜜を定期的に買っていくからある程度裕福だろうと思うんだがな」

実際、ミリーが来店の時に付けていた髪飾りもそれなりの値段がするアジュール産のターボ貝だったなと、親指の爪を噛みながら窓の外を眺めていると、ミーナの顔が真ん前に現れた。

「ロイ会頭、私の話を聞いていましたか？」

「ごめんごめん。耳元で囁いてって痛たたた」

呆れ顔のミーナに耳を引っ張られ、耳が千切れると文句を言うロイ。

「どうせ使ってないのだから、千切れても良いのではないでしょうか？」

「相変わらず手厳しい。えーと、アジュールのオーシャ商会の話だったか？」

耳を抑えながらロイがミーナに確認する。

「そうです。ソフトクッキーの話です。人気上昇中の今、商会を王都に進出させますか？」

「それだけで生き残れるのか？　不確かな商売は許可しないぞ」

オーシャ商会はロイの姉の嫁ぎ先で、確かに他の傘下商会や店より特別に今まで融通をしていた。

それでも、不確かな儲けの少ない商売をやる意味をロイは感じなかった。

「確かに、厳しいですね」

オーシャ商会が積極的に他のレシピも研究しているとミーナが報告を続けると、ロイは少し考えてから判断を下す。

「オーシャ商会の王都進出はまだ許可しない。俺に一切旨みがないだろ？　今だって姉貴の顔を立てるための慈善事業だぜ」

「畏まりました。ですが、菓子業進出は将来性があると思います。いずれオーシャ商会の商品開発が功を奏せば、こちらにも悪い話ではないと思います」

ロイがジッとミーナを睨む。指摘は確かに間違いではないが、ロイはミーナの発言に姉の影がちらついた。

(姉貴の仕込みか？　まぁいい)

ロイはトントンと机を指で連続して叩く。

「分かった。これまで通り、ソフトクッキーはアズール商会の店内で販売する。が、もし他の菓子のレシピを春までに出すことができれば……考え直す。だが、ちゃんと俺も旨みを貰うと伝えておけ」

「はい。すぐにお伝えいたします」

ミーナは、早速オーシャ商会に向け書簡の作成を始める。

「あ、そうそう。本業も疎かにしないよう釘を刺してくれ。まぁ、姉貴が付いてるから大丈夫だろうけど姉貴の旦那は……ぽやっとしてるからなぁ。なんで、そんなに王都に来たいんだろうな？アジュールのほうが快適なのに」

ミーナがペンを止め、顔を上げる。

「王都学園に息子さんが合格しましたので、いずれにせよ王都にはいらっしゃる予定ですよ」

「あいつ、もう十二歳になるのか？　姉貴も年取ってきたな」

「お姉様ご本人の前ではそのことは言わないでくださいね。殺されますよ。それに、お姉様もお二人と一緒に王都にいらっしゃると前触れがありましたので、秋前には会えますよ」

「ええぇ。姉貴も来るのか？」

「以前もお伝えしました。それから、お姉様の強い希望でしばらくはロイ会頭の自宅に滞在される予定ですので、よろしくお願いします」

「えええぇ。他に選択肢は？」

「ないですね」

(姉貴の奴、始めから王都進出をする予定なんじゃねぇか？)

ロイはここ数年、姉のレシアとは手紙のみの交流だった。

ロイは姉の頭の回転の速さにも人望にも子供の頃から一度も勝てたことがなかった。本来だったら、アズール商会の会頭の座も姉が引き継ぐべきだとロイは昔から思っていたが「表に立つのは嫌よ」と早々に傘下のオーシャ商会の物静かな跡取り息子と結婚した。

ロイは姉のことは好きだが、それは決して同じ空間で生活したいということではなかった。

「俺の平穏が……」

ガレルとラジェ

猫亭の従業員全員が集まるようにとジョーから声を掛けられ食堂へと向かう。ジョーの隣には初めて見る、この国には珍しい褐色の肌に黒髪の二人がいた。

「今日から猫亭でみんなと一緒に働くガレルと、その息子のラジェだ」

ガレルさんはジョーと同じくらいの年齢の筋肉質な男性で、息子のラジェはエメラルドのような宝石の瞳が印象的な私と同じ年くらいの少年だ。ジョーはいつの間に新しい従業員を雇ったのだろう？　行動が早いというか……いつ面接をしたんだろう？

「ガレルという。これは息子のラジェ。よろしく頼む」

ガレルさんが片言の王国語で自己紹介をする。この国の出身ではないようだ。

「ガレルは俺と一緒に厨房や食堂を担当してもらう。ラジェは主に部屋の掃除の手伝いをしてくれ。それからラジェは耳が聞こえづらいので気をつけてくれ」

ジョーにラジェとの会話は首にぶら下がった木簡にマルバツを書いて意思疎通を図ってくれと言われる。ラジェは王国語の読み書きなら少しはできるそうだ。

猫亭の全員がそれぞれ自己紹介をしながら二人に挨拶をする。

「ミリーです。ガレルさん、ラジェ君、よろしくね」

ガレルさんは反応するが、ラジェは丁度こちらを見ておらずもう一度挨拶しようとしたがジョーが次の話題に移り機会を逃してしまう。あとでもう一度挨拶しようっと。

「まずは、二人を住む部屋に案内だな。ミリー、頼めるか？」

「うん。任せて！」

「あー、それからミリーは商業ギルドで見習いを始めるから、ミリーがいなくとも宿を回せるようにみんなで頑張ってくれ。連絡事項は以上だ。よろしく頼む」

みんなが解散すると、今度はきちんと正面からラジェにゆっくりと挨拶をする。

「は　じ　め　ま　し　て。ミリーです」

「ラジェでしゅ」

ゆっくり話せば理解してくれるし、会話が不可能というわけではなさそう。

早速、三階へ案内をして二人の使う部屋の掃除をする。三階は今でこそ寂しい雰囲気だが、スミスきょうだいが戻ればにぎやかになるだろう。

「お嬢さん。掃除、手伝い、ありがとうございます」

ガレルさんが埃を払いながら言う。

「ミリーと呼んでください。ガレルさんは、このあとお父さんと厨房ですよね？　ラジェ君は私に任せてください」

「ミリーちゃん、よろしくおねがいします。ラジェ。口読む。でも言葉少しだけ慣れていない」

「分かりました。ラジェ君とはゆっくり話しますね」

ガレルさんが厨房へ向かうとラジェに猫亭の掃除の仕方などを教えた。

ラジェの使うクリーンで掃除された場所は凄く綺麗で素晴らしい。もしかしたら、魔力が高いのかな？

「えーと。せ　ん　た　く　は　バツ。ネ　イ　ト　が　す　る」

「あい」

ラジェの首の木簡のバツを指しながらやる仕事とやらなくていい仕事を教えていたら昼食の時間になった。

「ラジェ、ラ　ン　チ　の時間だよ」

そう言うと、私のお腹がクゥと鳴ったので焦ってお腹を押さえるとその様子を見たラジェが笑う。

食堂に向かうとジョーが大皿に載った今日の賄《まかな》いランチを披露する。

「二人とも見ろ。今日の昼はオークカツと唐揚げだ。初日だし、猫亭の大人気ランチだ」

「お父さん最高！　早く食べよ！」

ガレルさんとラジェがランチを一口食べ手が止まったかと思ったら、無言でガツガツと食べ始めた。ジョーが笑いながら二人に声を掛ける。

「おうおう。喉に詰まるからゆっくり食えよ」

「作ってる時も思った。旦那さん、凄い料理人」

「ガレル、おだてても何も出ねぇぞ」

ジョーが照れながら言うと、みんなが笑い出した。

◆

次の日もラジェに掃除や雑務を教えながらお手伝いをする。

一通りラジェに仕事を教え、一緒に外で背伸びをする。今日は春日和《はるびより》だ。続くといいけど春の天気は予測が難しい。あくびをしていたらマイクが急ぎ足で薬屋から出てきて真っ直ぐこちらへ向かってくる。

「ミリー！　あいつ、誰だよ」

「やぁ、マイク君。あの子はラジェ君だよ。昨日から猫亭で働いているんだよ」

「そうなのか？　おーい！　おーい！　おい！　無視すんなよ」

無視されたと思ったマイクが苛立ちながらラジェに向かうのを止める。

「マイク！　ラジェ君は耳が聞こえにくいから正面から話してあげてね」

「お？　そうなのか？　分かった！　おーい！　俺はマイクだ、よろしくな。お前はなんて名前だ？」

「ラジェ」

「そうか！　この辺で男の友達少なねぇからな。よろしく頼むぜ。それでミリー、今日は何すんだ？」

「日向ぼっこだよ」

「何言ってんだよ。それ、年寄りがやることじゃねぇか。今、兄ちゃんの部屋にケイトが遊びに来てるからみんなで何かしようぜ。そうだ。こっそりとドアを開けて兄ちゃんたちを驚かせようぜ」

マイク……その扉を開けたらびっくりするのは自分だからね。

どうやらマイクはまだトムとケイトが付き合っていることに気づいていないようだ。

「えーと……やめたほうがいいよ」

「えー。なんでだよ？」

「いいから。マイク、今日は別の遊びをしよう」

マイクの幼少期の純粋な心を傷つけないためにも、トムの部屋から遠く離れてできることを考えるが天気が良すぎてボーッとしてしまう。

「お、そうだ。五軒先のマージ婆さんの家に鳥がいんだよ。見に行こうぜ」

「鶏？」

「ミリー、何寝ぼけてんだよ。食い物じゃあねぇよ。青い鳥だったぜ」

青い鳥か。この辺でペットを飼っている人なんて珍しいので興味が湧く。

会ったことはないが、五軒先に住むマージ婆さんは結構な歳で一人暮らしをしているそうだ。たまに外に座っている姿しか見たことはない。ラジェにも声を掛ける。

「ラジェ、と　り　み　に　い　く？」

「あい」

三人で鳥を見に五軒先のマージ婆さんの家へと向かう。

マイクが表の扉をノックすると窓から白髪を綺麗に結ったお婆さんが顔を覗かせる。

「誰だい？」

「マージ婆さん、俺だよ。薬屋のマイクだ。鳥を見に来た」

「薬屋の悪さ坊主か。鳥は裏にいるから勝手に見ていきな。籠から出すんじゃないよ。今日は他の子もいるのかい？　ふむ。猫亭の変わった子と……もう一人は初めて見る顔だね」

猫亭の変わった子って……その認識で合っているけどね。マージ婆さんに自己紹介をする。

「ミリアナとこちらはラジェです」

「その名前は砂の国の子かい？　ここら辺じゃ珍しいね。鳥を見たいならここから裏へ行きな。籠を開けるんじゃないよ」

「はーい」

ラジェたちは砂の国から来たのかな？　砂の国の存在は知っていたが、実際その国出身の人とは会ったことなかった。あとで聞こう。

裏口を開けると小さいがきちんと手入れされた庭があった。

奥の日陰に置いてある籠の中には青い鳥が二羽いた。真っ青な身体に翼の先は水色と白のグラデーションが広がる。くちばしは白く頭にある黄色い長い毛が印象的な燕《つばめ》ほどの大きさの鳥だ。

「綺麗な鳥だね」

「だろ？　しかもこいつら喋るんだぜ」

「え？　そうなの？」

「お前ら、マイク様が来たぜ。ほら、マイク様って言え」

マイクが偉そうに鳥たちに向かって命令をする。

鳥に何を教えようとしてるんだか。かわいそうな子を見る目でマイクを見つめれば鳥が言葉を発する。

『マイクガキタ。ワルサボウズ』

思わず吹き出してしまう。賢い鳥たちだ。マイクが恥ずかしさからか赤くなりながら鳥に怒鳴る。

「お前ら！　この前はちゃんと言えてただろ！」

『イエテタイエテタ』

翼を広げマイクに威嚇を始める鳥たちを見てラジェが呟く。

「きれい……」

「うん。綺麗だね」

翼を広げた鳥たちは本当に宝石のように美しかった。マイクが籠を揺らしながら一生懸命鳥に声を掛ける。

「マイク様だ！　マイク様」

「マイク……鳥にストレスを与えるから籠を揺らすのはやめてね」

何度かマイクを注意すると鳥がその言葉を拾う。

『ヤメテネ。ヤメテネ。イエテタ。テンキイイネ。カイモノイコウカ』

鳥、結構喋るね。これなら一人暮らしのマージ婆さんも毎日が賑やかだ。

「鳥の餌を持ってきたよ。食べるのを見ていくかい？」

お婆さんが持っていた餌は、コーンミールだ。やっぱり餌扱いの食材なのか……。お婆さんが籠に手を入れ鳥たちに餌をあげる。食べている姿も可愛いな。

「可愛いですね。名前はあるんですか？」

「名前？　鳥だよ。それより、そろそろ夕暮れだよ。家に帰んな」

『カエンナ。カエンナ』

ペットに名前を付けるってことはやらない文化なのだろうか？

鳥がマージ婆さんと同じ声で何度も帰宅を催促するので、挨拶をしてマージ婆さんの家を出る。

「鳥を見せていただきありがとうございました」

「婆さんまたな！」

「気をつけて帰んな」

マイクとも別れ猫亭に戻ると、ラジェの姿を確認したガレルさんが眉を開き笑顔になる。そういえば、誰にも言わずに出かけてしまった。

「ミリーちゃん、ラジェ、おかえり」

「ガレルさん、ただいま。ラジェ君と近所の鳥を見に行っていました。マルクはまだ仕事をしてますか？」

「そうか。マルク、さっき上いった」

ガレルさんはこのあとも厨房の仕事があるそうなので、マルクも誘って三人で何かしようかな。

「じゃあ、ラジェ君と私も四階にいますね」

「よろしくおねがい」

ガレルさんと別れ四階の部屋に戻ると、マルクが私の手作り木簡計算ドリルをテーブルに広げていた。

「ラジェ君、ここに座ってね」

「あい」

マルクの前に座ったラジェと自分のためにお茶の準備をしながらマルクに尋ねる。

「お茶入れるけど、マルクも飲む？」

「うん。僕も飲む。ラジェ君だったよね？　僕はマルクだよ」

「ラジェでしゅ」

「僕、マルク。朝も挨拶したけど、僕も猫亭で働いているんだよ。ネイト兄ちゃんとケイト姉ちゃんは僕のきょうだいなんだよ」

マルクがやや早口で言葉を続けると、ラジェが困ったような顔をする。

「マルク、もう少しゆっくり話してあげてね」

「そうだよね。僕、もう少しゆっくり話すね」

マルクとラジェが仲良くおしゃべりしてる間にお茶を注ぎ、お昼寝をするジークを確認してジョーたちの部屋を漁る。

「あった、あった」

ジョーが私から隠しているお菓子ボックスだ。

最近、私という大きな鼠がいるので、ジョーはお菓子ボックスを手の届かない棚に隠している。

風魔法で飛べるので問題ないのだけどね。お昼寝するジークを起こさないようにお菓子ボックスを部屋から持ち出す。

(砂糖の在り処も、こう簡単に見つかるといいのに)

砂糖は厨房のどこかにあると思うのだが、未だ発見できていない。

お菓子ボックスを開けると大量のクッキーが入っていた。お菓子はしばらく毎日のように作っていたのでクッキーのストックは特に多い。入っているのは、主にジョーが練習していたアイシングクッキーだ。

手に取ったアイシングクッキーを見る。はて……この絵はなんだろう？　丸型の青い背景のクッキーにピンクや白の点がたくさんあり、右側に一匹の黄色いスライム？　美味しいならなんでもいいや。

「マルク、ラジェ、クッキーを持ってきたよ」

「ミリーちゃん。いつもありがとう。この絵はなんの絵だろうね？」

マルクが私の手元にある先ほどのスライム付きアイシングクッキーを見ながら尋ねる。

「……お空のずっと向こうの空だよ」

「……そっか。美味しいね」

ラジェは不思議そうに自分の取ったクッキーを見つめながら食べるかを悩んでいるようだ。

どんなクッキーを取ったのかと思えば、前世で畑とかに鳥が近づかないように置いてる目玉の風船みたいな柄だった。

「ラジェ君、食べても大丈夫だよ」

味は美味しいはずだから、味は。

サクッと小さめの一口でクッキーを食べたラジェの目が見開き笑顔になる。

「美味しいでしゅ」

「うんうん。味は美味しいよね」

「ミリーちゃん、旦那さんは毎日頑張っていたよ。この柄なんかは可愛いんじゃないかな」

マルクが健気にジョーのクッキーから綺麗な絵を探し見せてくる。

「そうだね。これはレースの柄かな？　確かに可愛いね。この下の部分の茶色は何か分かんないけど」

わいわいとクッキーを食べていたら、ドアが開きシャツがずぶ濡れのジョーが入ってくる。

「お父さん、どうしたの？」

「ああ。水を被ってしまってな。濡れたままじゃあ気持ち悪いから着替えに――ってミリー、また菓子の箱を見つけたのか？　どうやってあの高さから取ったんだよ？　俺でも手が届かねぇ場所に置いてたぞ」

「えへへ」

「しかも、俺の失敗作ばっかり食ってんじゃあねぇよ」

ジョーが呆れたように笑ったので、先ほどのマルクが探してくれた可愛いクッキーをジョーに見せる。

「失敗ばかりじゃないよ。これは可愛いよ。でも、この茶色いのは何？」

「それは、網にかかった熊だ」

ジョーの熊クッキーを見つめ全員が静かになる。

ああ、このレースだと思っていた部分が網なのか……バリバリと無言で網にかかった熊のクッキーを食べる。証拠隠滅だ。

「じゃあ俺は着替えて戻るが、夕食前に菓子を食い過ぎるなよ」

「はーい」

ジョーが部屋を出ると、マルクは中断していた計算ドリルに戻った。

私とラジェはやることがなくなったので、クッキーを食べながらマルクの勉強する姿を眺めていた。マルクは三桁の数字は少し解くのに時間が掛かっているようだ。ラジェがチラチラとマルクの木簡ドリルを見ていたので尋ねる。

「ラジェ君、何か気になるの？」

「ここ間違いでしゅ」

ラジェが指摘したマルクの回答を確かめる。

「あ。本当だ。マルク、ここの足し算を間違えてるよ」

「本当だね。えーとね。これでどう？」

「正解でしゅ」

ラジェが嬉しそうに言うと、マルクと二人で『おー』と声を出す。

「ラジェは計算ができるの？」

「少しだけでしゅ」

同じ年で三桁の計算ができる子供なんてこの辺の平民では滅多にいない。

いや、大人でも商人じゃない限りほとんどいない。近くの市場の店員はよくお釣りも間違えるので一桁も怪しいくらいだ。

初めの頃はくすねているのかと思ったけれど、普通に計算が苦手なだけだった。ラジェは王国の字も読めるというが、どれほど読めるのだろうか？

「ラジェは字も読めるんだよね？」

「分からないでしゅ。ここの字はまだ難しいでしゅ」

この国の字はまだ完璧に読み書きできないけれど、砂の国の字の読み書きはできるのだろう。

砂の国の字ってどんなだろう？　砂の国は砂漠で覆われていると聞いた。砂漠ってカタカナだとデザートだよね。英語のスペルは違うけど……デザート。デザート。デザート。

「ミリーちゃん、ニヤニヤしてどうしたの？」

「マルク、ごめんごめん。ところで、鳥のお婆さんも言っていたけれど、ラジェは砂の国の出身なの？」

「……あい」

「砂の国の文字は書けるの？」

砂の国の話になるとなんだかラジェが沈んだ顔になったが、文字を書いてくれる。砂の国の文字は丸っこくて可愛い字だ――ってあれ……普通に読めるんだけど。

これも転生特典だろうか？　ラジェの書いた文字を読む。

【こんにちは。私の名前はラジェです。ミリーちゃん、マルクくん、よろしくね】

「ラジェくん凄いね。文字がとっても綺麗だね。なんて書いてあるの？」

「こんにちは。名前ラジェでしゅ。ミリーちゃん、マルクくん、よろしゅくね」

咄嗟にラジェには字が読めないフリをしたけど、まさか他国の文字まで読めるとは思ってもいなかった。

この国の言語も問題なく話すことができ、読み書きもできたので不思議でないといえばそうだけど……どうすれば良いのかな。とりあえず今は黙っておくか。

「ミリーちゃん？」

「ラジェ君、ごめんね。文字が違うなぁって考えてたの。綺麗な文字だね」

「ありあと」

ラジェの耳が悪いのは生まれつきなのかな？

それにしては自分の名前を含む言葉の端端《はしばし》ははっきり発音ができている。いきなりデリケートなことを尋ねるのも気が引けるな。

治してみたいけどこっそりとはできない。なんだかラジェにはまだ完全に信用されてないようで、触れようとすると少しビクッとするのでいきなり魔法で治すのは躊躇している。

それに、後天的だったらヒールで治せると思うが……先天的なものは治せないらしい。

白魔法使いが周りにいないから詳しくは分からないが、以前ジゼルさんと話していた生まれつき腕のない女の人がそう言っていた。

その人は子供の頃に教会に行って治そうとしたが四肢の欠損を治す白魔法使いの神官自体少なく、生まれつき存在しなかった部分は治療することはできないと診断されたらしい。

理に適っているのかな？

初めから存在しないものは『治す』必要はないということなのだろう。

幸いこの国の王都の住民は手がなかったり、耳が聞こえなかったりしてもそれが何ってスタンスだ。特に誰も気にしてない。

ラジェとはもう少し仲良くなってから耳について聞こうかな……

◆

ガレルとラジェが働き始めて数日が経った。

二人は仕事も少しずつ慣れてきたようで良かった。クリーンを使用した時の魔力での判断だが、ガレルの魔力は平民の平均値であるのに比べて、ラジェの魔力はやはり高いようだ。素晴らしいクリーンで連日掃除をしている。クリーン仲間ができたようで、なんだか嬉しい。

今日、ガレルとラジェは日用品を揃えるために午前の仕事後に買い物に出かけた。

……そして猫亭でお留守番していた私は現在、窮地に立たされている。

遊びに来たニナが、昨年の暮れにマルクと私が一緒に粘土で手形を取った壁飾りを発見したのだ。

ただ単にジークの誕生日の時に余った粘土で作った粘土の手形だったが、その恋人のような仕様が今になってニナの地雷を踏んだのだ。

自分だけ仲間外れにされたと泣き出したニナをマルクが宥める。

「ヒック。マルク君、ミリーちゃんと仲良く手形して飾って……ニナは？」

「ニナちゃん。この手形は、ジークの粘土が余ったから作っただけだよ。ニナちゃんを仲間外れにしようなんてしてないよ。深い意味はないよ」

マルクがどこぞの旦那が浮気を誤魔化《ごまか》すような言い訳をしている。


――事の発端は三十分前、ニナが久しぶりに家に遊び来た場面に遡《さかのぼ》る。

「ニナ、ミリーちゃんのお家に遊びに来るの久しぶり。ジーク君も大きくなってきたね」

ニナが母親から渡されたオリーブオイルを渡しながらジークに手を振る。

「油、ありがとう。あとでお母さんに渡すね。今日は何をして遊ぶ？　ニナはおままごとがいい？」

「ミリーちゃん！　ニナはもう子供じゃないの。おままごとはもうやらないのよ」

プクッと頬を膨らませたニナだったが、先週おままごとをやっているのを見かけたばかりだ。大人ぶりたいお年頃なのかもしれない。

「そうなんだ。じゃあ別の遊びをしよう」

「ニナ、お母さんの口紅を持ってきたの。お化粧をして可愛い服を着たいの」

「マルクにも化粧をするの？」

「もう、違うよ。ニナとミリーちゃんがお化粧をして、マルク君と結婚式ごっこするの！」

ああ、ニナもお嫁さんに憧れる年齢になったのかぁ。しかし、一夫多妻か。マルクやるな。

「じゃあ、マルクは両手に花だね」

「違うよ。マルクくんはニナで、ミリーちゃんはマイクだよ」

マルクと腕を組んだニナを微笑ましく見る。もう、マルクが好きで好きでたまらないんだね。でも、その計画はちょっとメンバーが足りないんだよね。

「今日、マイクは遊びに来ないよ。薬屋の仕事が忙しいって言ってた。ジークならいるけど」

「ミリーちゃんとジークは姉弟だから結婚はできないよ。今日は僕がミリーちゃんでニナちゃんがジークで結婚式しようか」

「え？」

ニナのテンションが一気に落ちていくのが分かった。マルクやめろ。マグマを噴火させないで！ほら、ニナが下向いて拗ね始めたでしょ！　急いでフォローをする。

「いや、私はジークと一緒でいいよ。ジークもねぇねが良いよね？」

「ねぇね。あーい」

ジークが両手を上げ喜ぶと、ニナの機嫌が直る。ふぅ、良かった。

「じゃあ、ニナとミリーちゃんはお化粧するね。部屋にいるから、男の子たちは入ってきちゃだめだよ」

急に元気になったニナに押され私の部屋へ入る。

「ミリーちゃんのお部屋は前と変わらないね」

「シンプルイズベストだからね」

「え？」

「なんでもないよ。それにちゃんと飾りは増えたよ。ほらコレとか」

昨年の暮れに粘土で形を取った手形を指差すと、ニナが手形を見つめながら尋ねる。

「これは何？」

「新年に粘土でジークの手形を取った物を飾ったんだよ。ジークが大きくなった時に昔はこんなに小さかったんだよって記念になるかなって思って——ニナ、どうしたの？」

急に静かに一点に集中していたニナがマルクと私の手形を指差しながら尋ねる。

「これはなんて書いてあるの？」

「ミリーとマルクに日付だけど？」

「ミリーちゃんとマルクくんが一緒に作ったの？」

訝しげに尋ねるニナ。

待て待て待て。いらぬ疑いを掛けられている気がする。ニナは今にも泣き出しそうだ。

「たまたま粘土が余って時間があったから作っただけだよ」

「マルク君、お勉強が忙しいからって前みたいに遊んでくれないの。ミリーちゃんと遊んだほうが楽しいのかな。ん、グス……う、う、うえーん」

ああ、泣き出してしまった。この年齢の子供は感情の上下が激しい。私もたまにどうしようもない些細なことで泣きそうになることがある。身体の年齢に引っ張られているのかもしれない。

とりあえず、この事態を解決できる人物を部屋に呼ぶ。

「マルク、ちょっと来て」

「え？　でも化粧中は入ったらダメって」

「そうなんだけど。私たちの粘土の手形を見たニナが、その、泣いちゃって……」

「え？　どうして？」

うん。それは私も聞きたいよ。でも、多分、ニナ本人も気づいていないがこれは嫉妬だろう。小さくても女の子なんだね。

マルクが入ってきたところで、冒頭の浮気を誤魔化《ごまか》す言い訳をする旦那のようなセリフに戻る。

ニナに今は何を言ってもイジケモードに入っているから意味がないだろう。ここは別の解決法を考える。

「そうだ！　今日は結婚式ごっこはやめて、粘土で手形を取ろうよ」

「そうだね。ミリーちゃんもそう言ってるし、ニナちゃんもそれでいい？」

「ヒック……う、うん」

よし。ニナが泣き止んだので急いで粘土を買いに十軒先の陶芸工房へと走る。私がいない間、ニナをよろしくマルク！

息を切らしながら陶芸工房の入り口にいた女将さんに挨拶をする。

「こんにちは～」

「あら、猫亭の娘さんね。この前の粘土はちゃんと役に立ったかしら？」

「はい！　実はまた粘土を譲っていただきたくて……」

「うんうん。あるよ。この前と同じ量でいいの？」

「この前より多めにお願いします」

「はいはい。じゃあこれくらいの量なら小銅貨三枚でどうかしら？」

「はい。お願いします」

ここの工房の女将さんはおっとりしているが仕事は早い。代金を払い粘土を受け取り家に急いで帰る。さてと、ニナは機嫌を直したかな？

「ただいま。マルク、ニナ、粘土を買ってきたよ」

「ミリーちゃん、ありがとう。お金いくらだったの？」

マルクが小さな財布を出しながら尋ねる。

「今日はいらないよ。私の奢り！　じゃあ早速、手形を作ろうか？」

「うん！　ニナもやる！」

粘土を嬉しそうに見つめるニナ。どうやら機嫌は直ったようだ。ニナの結婚相手は将来、大変そうだな。マルク、頑張れよ。望遠鏡でも見えない距離から応援してるから。

粘土の準備ができたのでマルクとニナに渡す。

「ニナちゃん、土台の形はどうする？」

「ニナはハートがいい」

ニナとマルクがイチャつきながら粘土で遊び始めたので私はジークと一緒に手形を取ることにする。

「ジークは何の形が――あ！　コラコラ、粘土を口に入れないで」

「あー！　ぎゃあああ」

口に入れようとした粘土を取り上げると、今度はジークが盛大に癇癪を起こしたので急いであやす。

「猫さんのニギニギだよ。ジーク。見て見て」

ジークが猫さんに集中してる間にさっさと粘土を丸型に仕上げる。ジークの手形を取り自分の手形も付ける。

ジークは騒いでエネルギーを消費したのでまたオネムのようだ。マルクとニナも無事に手形を付けたようだ。

「あとは乾燥させるだけだから、ニナも乾燥したら取りに来てね」

「分かった。粘土余っているから、ミリーちゃんも一緒に三人で手形を取ろうよ」

「うん、いいね」

粘土手形の台の形は何故か三角形で、ニナとマルクは三角形の底角部分、私は頂角部分に手形を付けた。名前を書いて日付を入れたら完成だ。これは誰が引き取るのだろうか……

ニナが帰ったあと、粘土で汚れたテーブルを掃除しながらマルクと互いに無言で目を合わせ、ため息をつく。

「ミ、ミリーちゃんが粘土を買ってきたから、残りの片づけは僕がやるよ。任せてね」

「うん。よろしく」

疲れたのでソファにゴロリと横になる。ニナは良い子なんだけど、マルクのことになると自分の気持ちが抑えきれないようだ。クッションに顔を埋めているとジョーが部屋に夕食を持って入ってくる。

「夕食を置いていくぞ。今日はパスタスープとチーズコロッケだ。ジークの夕食もあるから頼んだぞって、なんだこれ？　また粘土で遊んでいたのか？」

「うん。三角関係だよ」

「……どこでそんな言葉覚えてくんだよ」

クッションに顔を埋めたままジョーに手を振る。今日はもう疲れましたなのです。

内見

「ミリー様、おはようございます」

「ミカエルさんもおはようございます」

約束していたマカロンのお店の物件内見の日、ミカエルさんは予定通りの二の鐘が鳴る時間に猫亭の裏口まで迎えに来た。

今日は渡されていた商業ギルドの見習いの服を着て、迎えの馬車が停められている数軒先まで帽子を深く被り歩く。

「本日は、人目に付かないほうがよろしいと思いまして馬車を遠くに停めております。ここまで歩かせてしまい申し訳ありません」

「こちらもそれで都合が良いので大丈夫です。気にしないでください」

馬車に到着すると御者が一礼をして自己紹介をする。

「本日、御者を務めるジョンと申します」

「よろしくお願いします」

ミカエルさんに抱えてもらい馬車に乗り込む。

中はシンプルで前にギルド長の爺さんに乗せてもらった馬車よりもコンパクトだ。でも、座り心地の良い革のシートと小窓が装備されていて十分な設備はある。

ゆっくりと馬車が動き出す。

おお！　揺れているがそこまで不快ではない。

この辺を行き交う馬車は商店の仕入れや運び屋、あとは乗合馬車ばかりなので個人馬車が珍しいのだろう、すれ違う人が私たちの馬車に視線を向けるのが分かる。

「ミリー様、本日は私付きの商業ギルド見習い人のフリでお願いします。偽名は先日のジェームズでよろしいでしょうか？」

料理人のルーカスさんの前で咄嗟に出たジェームズという偽名なのだが、せっかくなので格好良くする。

「ジェームズ・セッチャークでお願いします」

「家名までは必要ないと思いますが……分かりました。ジェームズ・セッチャクですね」

「うん。ジェームズ・セッチャークです」

「……畏まりました。それとギルド長に拝聞しましたが、オーツクッキーのみならずボーロも平民の市場で売りたいとのこと、とても良いお考えだと思います」

ミカエルさんには時期が来たら数か所の市場で試しに出店することを勧められる。

「試しに出した店舗が軌道に乗りましたら、他にも店舗を増やしていく形が良いかと思います」

「私もそれがいいと思います」

「市場でしたら商品さえあれば、今すぐにでも開店はできますが……先に中央街のお店に集中しましょう」

「できれば早くみんなにお菓子を広めたいですが、早計な判断は危ないですね」

私の返しにミカエルさんが目じりを下げながら笑う。

「菓子の店はまだ珍しいですからね。クッキーを取り扱っている商会でさえ、専門店は軽々と出しませんからね。それゆえ、ミリー様のお店は他の菓子を取り扱う商会に刺激を与えると思います」

「良い意味での刺激ですか？　他の商会はやはりクッキー一つだけでお店を展開するのは難しいという判断なのでしょうか？」

「そうですね。みな、クッキーだけでは勝算がないと考えているでしょう。ミリー様の店は、菓子のレシピがある商会には良い刺激になると思いますよ」

確かに菓子の値段を考えると貴族や金持ちしか購入しないだろうし、私ではないんだから毎日クッキーを食べたいとも思わないだろう。

菓子の専門店は結構ハードルが高そう……大丈夫かな。

市場で平民用の店舗を出すとしてもクッキーとボーロだけの商品ならいつも見かける販売スペースの広さだと物足りなくなりそうなんだよね。まぁ、あとから考えよう。

四十分ほど馬車に揺られ、中央街の最初の物件に到着した。

ここは大通りに近い、家賃が月に金貨一枚のエリア。売り場を兼ねたダイニングと厨房の双方が広い物件だ。

「ここからミリー様は商業ギルド見習いのジェームズです。二人きりになるまでそのように扱いますのでよろしくお願いします。では、先に降りて私を待っていてください」

御者が踏み台を出してくれたので、トントンと軽やかに馬車を降りると後ろからすぐにミカエルさんも降りてきた。

キョロキョロと周りを確認する。月に金貨一枚も家賃を取るだけあって、この辺りは上品な店が多いようだ。お目当ての物件は紅茶屋と化粧品屋に挟まれている。そして通りを挟んだ目の前には、ん？　何屋だろう、これ？

「ジェームズ、こちらですよ」

「はい。ミカエルさん」

案内された物件の外観はアイボリー色の二階建の建物だった。

扉側には大きなショーウインドーがあり、ダイニングエリアには外の景色が見える窓ガラスが設置されていた。

店内はウッド素材で、天井、壁、それに床までアイボリー一色で統一されている。

二十席ほどのテーブル席のスペースがあり、その他に五席ほどのカウンター席がある。奥にある厨房は売り場よりも断然広そうだ。ミカエルさんが物件の説明を始める。

「こちらの店舗は元々食事処でしたが、以前のオーナー兼シェフがご病気を召され、閉店されたそうです」

ミカエルさんに案内された厨房には六口の魔道具のコンロとオーブンが二つ、氷室の置けるスペース、それから食材の保管庫があった。

「氷室用のスペースが広いですね」

「そうですね。以前ここに備えつけてあった氷室自体はすでに手放されているようですが。このスペースに嵌まる氷室なら金貨一、二枚ほどでしょうか。中古なら金貨一枚以下で手に入ると思います」

大きな氷室は氷が多く必要なので、維持費として氷代が掛かると付け加えられる。まぁ、氷なら自ら作ることができるけど、毎回そんなことやっていたら魔法の件がバレてしまう。

「コンロとオーブンは魔道具ですので、表の家具なども込みで造作譲渡料《ぞうさくじょうと》が必要ですが新品を購入されるよりは安いです」

ダイニングルームにあるテーブルなどの家具、厨房などにある設備一式も買い取ることができるという。見る限りとても綺麗に使われていたと思う。

「譲渡料はいくらですか？」

「全て込みで金貨二枚です。こちらは新品ですと金貨十枚前後します。中古ですと新品の半額ほどでしょうか。こちらのコンロの魔道具は三年前に新調されたようですので比較的新しいですね」

トイレも付いて金貨二枚、確かに安い。でも、それでも金貨二枚だ。それに氷室代もある。

「そうなんですね。氷室の魔道具ってあるのでしょうか？」

「氷室の魔道具ですか？　見たことはないですね。部屋を涼しくする魔道具なら見たことありますが……」

部屋を涼しく？　クーラー？

王都でクーラーとかいらないでしょ。氷室の魔道具はないのか。

コンロの魔道具があるんだし、ありそうだと思ったんだけど。

「分かりました。従業員用の住み込みの部屋があるのですよね？」

「はい。二階部分になります。ご案内します」

案内された二階部分には個室の部屋が五つあり広さも十分だった。これなら、住み込みの従業員も快適に過ごせそうだ。

「そういえば、目の前のお店は何屋ですか？」

「あれは本屋ですよ。日中は本が直射日光を浴びないように窓や入り口を閉め切っているのですよ」

本屋があるの？　マリッサに聞いてはいたけれど、実際に見るのは初めてだ。確かに窓は全て板張りになっていた。

「看板がなかったので分かりませんでした」

「本屋自体数が少ないですからね。あの本屋は写本がとても美しいと評判の店です。貴族のお客様が多いですが、学園の生徒さんも多く利用してると聞きます」

機会があれば覗いてみたいと思ったが、学生ではない子供は入店を禁止されていると言われた。酷いと思ったけれど、本屋に入ったマイクを想像して納得する。

うん、お子様のベタベタハンズでうろつく場所ではないよね。早く大人になりたい。

この物件で最後に確認しておきたい場所をミカエルさんに尋ねる。

「それで、トイレはどこですか？」

「最後に掃除されたのはお店を閉めた二か月前ですので……ご注意下さい」

こ、怖い。そーっとトイレのドアを開ける。

おお！　想像していたよりも悪くないと思う。ちょっと臭うけどね。

とりあえずクリーンを掛けておこう。トイレの壁紙が少し捲れている。

こういうのを含め全体的に改装する必要があるだろうね。一体、いくらになるのだろうか？　胃が痛い。トイレの前で不安そうに待っていたミカエルさんに声を掛ける。

「トイレ、大丈夫でした。質問ですが、ここを補修する場合の費用はどれくらいでしょうか？」

「正直改装の内容によりますが、このレイアウトのままなら金貨二、三枚ほどで済みますが、大きな変更がある場合は金貨五から八枚程になると予想されます」

これはあくまでも予想額で、基本は大工との交渉次第だという。

大工は希望がなければギルド専属の者に紹介可能だそうだ。専属大工はすでにギルドとの間に守秘義務に関する血の契約を交わしているのでペーパーダミー商会のことも口外しないから安心してくれとミカエルさんが説明する。

「それなら、ギルド専属の人の方が安心ですね。この物件はいいと思いますが他の場所も見たいです」

「それでは次に向かいましょう」

次は月の家賃が小金貨六枚の裏通りの物件だ。

物件の隣の店は靴屋とシガールーム。向かいは空店舗か。物件の外観はシックな感じだね。店の中は結構暗く、バーみたいな雰囲気だ。正直、厨房が狭くて使いにくそうだ。トイレは普通。

「ここはナシですね。周りの店も含めお菓子屋の雰囲気じゃないと思います」

「そうですね。では次に参りましょう」

二件目の物件を出て馬車に戻ろうと歩き出したら、ドンと人にぶつかった。

イタタ。私は何故か毎回のように人とぶつかると飛ばされる役なんだけど。お尻が痛い。

「君、大丈夫か？　前を見ずに歩いていた僕が悪かった。怪我はないか？　あれ、君は……」

少年のような声の主の顔を確認する前にミカエルさんが駆け寄ってきた。

「ミ、ジェームズ、大丈夫か？　立てるか？」

「大丈夫。わ、僕も前を見ていなかったから」

「これはこれは、東商業ギルドのミカエルさん。お久しぶりです」

ぶつかった相手がミカエルさんに挨拶をする。あれ？　知り合いだった？　ミカエルさんも商人の顔で相手へ挨拶をする。

「ナーザス商会のヘンリー様ですね。ここで会うとは奇遇ですね。今日はお買い物でしょうか？」

ナーザス……？　それって私が捨てられた家の名前だ。ぶつかった相手の顔を確認する。この顔、覚えがある。以前、文房具店で見た私の元兄だ。

「取引先に挨拶に伺っただけですよ。その子はどなたでしょうか？」

「これはギルドの見習いでジェームズと申します」

「ジェームズ君か。私はヘンリー・ナーザス。ナーザス商会の者です」

ヘンリーに商人の挨拶をされたので、同じように挨拶を返しぎこちなく答える。

「ジェームズ・セッチャーク、です。ヘンリー様、以後お見知りおきを」

「丁寧にありがとう。……君はもしかして姉か妹がいたりしないか？」

「弟のみでございます」

なんだろう急に……まさか、あの文房具店での私を覚えているということなんてないよね？

「そうか。変な質問をして悪かったね」

「いえ、大丈夫です」

「ミカエルさんも足止めをしてしまい申し訳ありません。来週にまた商業ギルドへ伺う予定ですので、その時に改めてご挨拶させていただきます。それでは良い日を、失礼します」

ミカエルさんとヘンリーを見送る。凄い偶然の再会だったな。

今後、ヘンリーに対してはジェームズ・セッチャークなんておふざけで付けた名前を名乗らないといけないのが恥ずかしい。

でも、もう一つの候補のジェームズ・ドライマティーニとかにしなくてまだ良かったと胸を撫で下ろす。

御者の待つ馬車に乗り込むとミカエルさんが尋ねる。

「ミリー様、ナーザス商会のヘンリー様とはお知り合いですか？」

「いえ。知り合いではないですが、以前文房具屋でお見かけしたことがありました。ほんの僅かな時間でしたのであちらは覚えてないと思ったのですが……」

「そうですか。彼はあの年齢ですでに商人として頭角を示しているので侮れません。ナーザス商会は良い後継者に恵まれました」

「そうなんですね。気をつけます」

「次の物件は……大通りからは遠いのですが、新しい建物が多い場所ですね」

大通りから馬車で十分ほど進むと色とりどりの建物が並ぶ鮮やかな通りに出た。規模だけで比べるといささかこじんまりとはしているが、確かに新しくて綺麗な商店街だ。

やがて馬車が停まったのは白いコンクリート風の外装に、薄紫のドアが印象的な丸いショーウインドーのある建物だった。

中はスケルトン物件で何もないが二軒目よりは少し広いかな。

「ミリー様、こちらは大通りからは遠いですが貴族の従者などは馬車を使いますので距離に問題はないかと思います。この商店街の周りの住宅街は裕福な平民が多いです」

「改装費用はどれくらいでしょうか？」

「大工との交渉になりますが、改装費用は金貨二から四枚に加え家具やコンロなどの費用ですね。スケルトン物件は居抜き物件よりも改装費用に料金が掛かる場合が多いですが、スケルトン物件を好む大工も多いですね」

「真っ白なキャンバスのようなものですか？」

「そうですね。スケルトン物件は初期費用が若干高額になると思われます。中古の設備を揃えるのに金貨十枚は超えると考えておいたほうがいいでしょう」

ふむふむ。一件目は既存のレイアウトのまま修繕することになるだろう。対してこちらの三件目は好きなように改装できるが費用は高額だ。

「周辺のお店を見てきてもいいですか？」

「はい。勿論でございます」

物件の隣にあるのは宝石屋、それから香水屋だ。

キラキラした物がたくさん並んでいる。道を挟んで建っているのはお洒落な食事処と塩屋だ。

この辺の雰囲気は悪くないんじゃないかな。午前中の客通りも悪くない。うんうんと頷きながら物件に戻りミカエルさんに尋ねる。

「従業員用の部屋はどこですか？」

「こちらです」

案内されたのは、こちらも二階部分にある従業員用の住み込み部屋だ。なんか、中が暗い。

「窓が少ないですね」

「そうですね。こちらの小窓しかございません」

うーん……ここに五分ほどしか滞在してないのにすでに息苦しい。

部屋は五つあるがどれも狭い。一番狭い部屋は前世のカプセルホテル並みだ。ここでちゃんと身体を休めるのかな。

「ミカエルさん、一件目をもう一度内見してもいいですか？」

「問題ありませんよ。こちらと一件目で迷っておられるのですか？」

「そうですね。もう一度見て確かめたいなと思ってます」

最初に見たアイボリーの物件に到着したので内見の前に店の周辺を歩いてみる。

本屋の前には馬車が停まっている。馬車に紋章が付いているので貴族の馬車だろう。茶屋、化粧品屋、茶屋にも化粧品屋にも先ほどより客が入っているようだ。

「ミカエルさん大通りを歩いても良いですか？」

「もちろんですよ。せっかくですから途中でランチをしましょう」

大通りには歩いてすぐに出れた。本当に近い。

大きな商会の店が並んでいて劇場などもある。

前世の写真で見たシャンゼリゼ通りの小型版のような通りだ。東区の平民街とは雲泥の差だ。

前にギルド長の爺さんと来た時は馬車からの景色しか見えなかったが、この世界にもこんなにキラキラした場所があったんだね。菓子屋がこの国で本当に流行るのかと悶々としていた気持ちが吹き飛ぶ。

歩き始めて十数分した場所には一際目立つ大きな建物があった。

ローズレッタ商会だ。ここが中央街の中心地なのだろう。建物もだが、ローズレッタ商会のショーウインドーはどこの店よりも大きい。外から見える店内はまるでデパートのようだ。

中に入りたいけれど、ミカエルさんは爺さんの右腕なので知り合いも多いだろう。店内に入るのは今日はやめておく。

「ジェームズ、ここの裏通りに美味しいお店があります。そこでランチをしましょう」

「わーい。楽しみです」

裏通りには食事処がたくさんあり、人で混み合っていた。

丁度ランチ時《どき》だしね。実はこの国で猫亭以外のちゃんとした食事処で食べるのは初めてだ。

ミカエルさんに連れられ入ったお店は『レストラン・ブリーナ』という高級そうなお店だった。

お店に入ると丁重に個室へと案内された。

「ミリー様、こちらの店は味も美味しいですが、何より全席個室なのが売りです。ここの有名な料理はパイ包み焼きです。特にシチューの包み焼きは美味しいです」

「じゃあ、私はシチューの包み焼きでお願いします」

シチューの包み焼きの値段は銅貨一枚だ。価格は猫亭の倍だがロケーションを考えると妥当だろう。

注文を取りに来た男性にランチセットを勧められたのでセットも付ける。

パン、サラダと飲み物のセットを付けると銅貨二枚か。なかなかお高いが、飲み物の選択肢に単体だったら小銅貨七枚の果実水やお酒も入っているのでお得なのかも知れない。

ランチにお酒を飲むのはこちらでは普通だ。猫亭ではジョーがランチにまで酔っ払いはいらないと酒を出していないだけなのだ。

ミカエルさんは紅茶、私はオレンジの果実水を頼んだ。

ちょっとした雑談をしていたらノック音が聞こえ、注文したセットが先に配膳される。パンは白パンだ。モキュモキュとサラダを咀嚼する。サラダは……まぁサラダだね。ドレッシングはオリーブオイルと塩だ。でも、味は新鮮で美味しい。先に持ってくるよう頼んだ果実水も濃厚な味だ。

「ミリー様、中央街を歩いてみていかがでしたか？」

「華やかですね。商売の競走も激しそうですが、東区にはない店がたくさんあって驚きました。買い物客も多く賑わいもありますね」

「王都の中央街ですからね。華やかさは国で一番でしょうね。物件は二つに絞られたみたいですが、どちらかより好みな物件はございましたか？」

「スケルトン物件は周りの雰囲気と一から改装できるのが良いですが、やはり初期費用が高額かなと思います。大通りに近い一件目の家賃は高額ですが、間取りが良くいろんなお客さんが訪れやすいと思います。ただ広い店にはそれだけコストも掛かりますし……家賃とか総額で考えた時に失敗したらと不安には思います」

「ミリー様、商売に絶対はありませんが、私はミリー様のお菓子を信じているのでお店を出していただくように申し出たのです。安心してください！　可愛い物は私が広め成功させます！」

いや、私は甘い物を広めたいんだが……拳を上げやる気に満ちたミカエルさんに苦笑いで礼を言う。

そんな話をしていたら、シチューのパイ包み焼きが運ばれてきた。

シチューの器の上にそのままパイ生地を載せオーブンで焼いたドーム型のパイだ。バターの匂いが部屋中を包む。サクッとパイを崩してシチューと共に口に入れと舌の上でパイとシチューの旨みが広がる。

ジョーの作るパイも美味しいが、ここのパイはサクサク感が違う。それがシチューと良く調和している。

「とても美味しいです！」

「ミリー様にも気に入っていただいたようで良かったです」

パイを完食して一件目の店舗に戻り中を再度内見する。

やはりキッチンが広いのは良い。家具もこのまま使用可能な物が多い。中央街の中心から徒歩の距離にあるのもいいと思う。家賃が金貨一枚なのは痛いけど……レシピ販売だけ月に金貨一枚以上稼いでるしね。

チャレンジしてダメでも商会には一年以上お店を続ける資金はある。それに、スケルトン物件はやっぱり従業員の住む場所が狭く不安だ。

一件目がいいと思うけど、ジョーとマリッサに相談して最終決定しよう。

「ミカエルさん、ありがとうございます。数日考える時間をください。こちらの物件が今のところ一番有力です。他の方に取られたくないので仮押さえはできますか？」

ギルド管理の物件なので仮押さえは必要ないと言うミカエルさんをジト目で見る。

「そんな目で見ないでください。今回紹介したのが全てギルドに有利になる物件ではありませんので」

「その言葉、信じますよ」

その後、ミカエルさんに来た時と同じように馬車で猫亭の近くまで送ってもらった。

厨房に入りジョーに声を掛ける。

「お父さん、ただいま〜」

「おう、帰ったか。それでいい場所はあったか？」

ジョーがガレルさんに聞こえないように耳打ちしたので小声で返事をする。

「あったよ。なんだかギルドの思惑にハマった気がするけどね」

「エンリケさんの右腕なら悪いようにはしないだろ？　マリッサも上にいるから、今なら家族会議できるぞ」

「うん！　じゃあ、先に上がって待ってるね」

四階に上がりマリッサとジークにただいまの挨拶をすると、すぐに後ろからジョーも合流する。

「それで、店舗はどんなだ？」

「えーと――」

ジョーとマリッサに今日の内見の話と、第一希望の物件のことを説明する。

「金貨一枚か。良い物件だな。どの辺になるんだ？」

「あの通りなら知っているわ。ジョー、覚えてる？　学生の時にあそこの本屋に写本してもらったことがあったわ」

「そうなの？　どんな本を？」

マリッサが懐かしそうに部屋から詩集を持ってくる。

「当時、学生の間で流行っていた詩集よ。とても良い仕上がりで、今でもとっているのよ」

「読んでもいいの？」

「ふふ。いいわよ」

五歳の誕生日に貰った神様イラストの本よりも小さく薄い詩集を開けると、黄色い小さな押し花が本の見返しに貼ってあった。

本の端にはジョーとマリッサの名前と日付が刻まれていた。マリッサは十三歳でジョーは十四歳の時に作った本だという。二人の昔話は普段はあまり語られないので、学生時代の話をする二人の姿に嬉しくなる。

「私達が学生の頃はね、詩集に恋人同士の名前を刻むと幸せになれるって流行っていたのよ」

「ああ、そうだったな。懐かしいな」

ジョーが思い出し笑いをしながら詩集を見つめる。二人は学生の頃からの恋人なんだね。

「二人とも学園に通ってたんだね。初めて知ったよ。学園で出会ったの？」

二人が互いに視線を交わし、ジョーが苦笑いしながら二人の出会いを教えてくれる。

「まぁ、学園に通ったのは一応エードラーの息子と王都一の商家の娘だからな。俺の親父とローズレッタ商会の関係で、学園に通う以前からマリッサとはよく知った仲だったな」

「そうなんだね。学園に通い出してから恋人になったの？　お父さんから愛の告白をしたの？」

「ミリー、顔がニヤニヤしてるぞ。そういう話は聞かなくてもいいだろ？」

「えー、聞きたーい」

ジョーに二人の甘々話をおねだりしたが口を割りそうにない。マリッサが笑いながらジョーに助け舟を出す。

「ジョーは恥ずかしがっているのよ。愛の告白については秘密だけど、この押し花にした花はジョーが私に贈ってくれたものなのよ」

「へー。そうなんだ。へーへー」

口角を上げながらジョーを見上げると、やめろと頭を撫でられる。

「もう昔話はそれくらいでいいだろ。ミリーの店の話だ」

「ふふ。そうね。あの本屋のある場所なら大通りにもとても近かったわよね」

マリッサが一件目の物件は広さと立地から金貨一枚は好条件だと言う。

「そうだよね。金貨一枚って価格に腰が引けてしまっていたけど、考えたら好条件だよね。やっぱり一件目で決定だね」

「決まったみたいね」

「うん。ミカエルさんには数日考える時間を貰っているから、今度ギルドに行く時に伝える」

「大工ときちんと計画を立てて見積もりを出してもらうのよ。ギルド専属の大工なら変なことはしないでしょうけど……」

「お母さん、ありがとう。気をつけるよ」

マリッサにハグをすると、後ろからジョーに撫でられる。

「良いところが見つかって良かったな。それじゃ俺は夕食の準備に戻るからな」

ジョーが部屋を出て、マリッサも仕事に戻るとジークがお昼寝から起きた。マルクたちも三階に戻ったので、今部屋には誰もいない。久しぶりにジークと二人きりだ。

「ジーク、こっちにおいで～」

「ねぇね、みゃー」

「猫さんを見たいの？」

土魔法で出した猫を追いかけるジークを眺めながら店の氷室について考える。

厨房は大型の氷室でいいけど、売り場に氷室を置くのは、見掛けが悪い。前世のショーケースのようなものがあればいいんだけど。そういえば、ミカエルさんがクーラーの魔道具の話をしてたな。実際はどんな魔道具なんだろう？

「みゃー」

「ジーク、猫さんを叩かないでね。優しくしてね。おててを引っ張るのもやめてね」

ジークはまだ動物とのふれあいの練習中だ。

リアル鳥さんを見せるのはまだ早い。鳥さんの毛が毟《むし》られそうだ。

試しに土魔法で鳥を出す。パタパタと羽を動かして飛ばそうとしたが失敗する。やっぱり土だから胴体が重いのかな？　土の鳥を風魔法で飛ばすと勢いよく天井に鳥が突き刺さる。

（あ、力加減を間違えた）

風魔法で天井に刺さった鳥を回収、穴の空いた天井部分を土魔法で埋める。

床に鳥が着陸するとジークに抱っこをおねだりされる。抱っこをすると今度は天井を指差す。

「ねぇね、ねぇね。ジーク、あ、あ」

「何？　ジークも飛びたいの？　うーん……ちょっとだけだよ」

ジークを抱っこしたまま一緒に軽く風魔法でリビングルームを浮遊する。キャッキャと手を叩いて喜ぶジークが可愛い。

「ジーク、そろそろ終わりね」

「んーんー」

全身で嫌を表現するジークに負ける。

「ぐっ。もう少しだけだよ」

ジークの可愛い要望に応え、上昇しながらクルクルと回る。

回り過ぎるとジークが吐くかもしれないのでこの辺でやめておこう。ゆっくり下降を始めるとガチャと音がしたので振り向けば、ドアを開き驚いた顔をしたラジェがいた。

(あ、どうしよう……飛んだままだ)

ゆっくり床に降りて、笑いながら飛んでいたことを誤魔化《ごまか》す。

ラジェはマルクと同じように夜の間は四階でガレルさんの仕事が終わるのを待つようになっていた。

絶対、飛んでるの見られたよね？

ラジェと目が合うが何も言わない。くっ。無言の時間が辛い……こちらから声を掛ける。

「ラジェ、仕事終わったんだね。お疲れ様。今日は忙しかった？」

「……食べ物。ここ、置く」

「ああ。夕食を持ってきてくれたんだね」

「残りはマルク」

ドアがまた開き、マルクが慌てた様子で夕食の残りを抱えて入ってくる。

「ミリーちゃん、夕食を置いていくね。女将さんがジークの夕食もお願いって言ってたよ。僕はもう少し仕事が残ってるからまたあとでね」

「うん。夕食マルクの分も残しておくね」

マルクが部屋を出ると、再びラジェと目が合うがすぐに食べ物に視線が行くのが分かる。今日の夕食はオークの煮込みに野菜スープとポレンタフライだ。ジークは野菜のパン粥だ。

「ラジェ、とりあえず食べようか?」

「あい」

ジークと三人でテーブルに着き、無言でモグモグと夕食をとる。気まずい……。もう、素直に尋ねよう。

「ラジェ、私が飛んでるの見たよね」

「……あい」

「あれはね。えーと」

ラジェは私が水の魔法使いだということは知っているが、さすがに水魔法を使って飛んでいましたなんて苦しい言い訳は使えない。

すると、ラジェが急に私の手に自分の手を重ねる。

「大丈夫、言わない」

「……ありがとう」

「ラジェも魔力高いでしゅ。魔力高くてもいいことないでしゅ」

そう言うとラジェは何もなかったかのように食事に戻った。

どういう意味だろうか？　ラジェの魔力が高いのは気づいていたが、そのせいでトラブルに巻き込まれたのだろうか？　なんだかラジェが魔力の高い自分を嫌っているようで歯痒くなった。

「そんなことないよ。ラジェのクリーンは凄く綺麗になるでしょ？　それに見てて！」

土魔法で猫を出して野菜のパン粥ではなくボーロをねだるジークに、猫の尻尾スプーンを使いパン粥を食べさせる。

「みゃー、あー」

猫さんが大好きなジークはすぐに口を開けあーんをする。

「ほら！　魔法は便利でしょ？　ジークはいつもこれで苦手な野菜も食べるから」

「……これ土魔法。飛ぶの、風魔法でしゅた」

ラジェが土魔法で作られた猫を凝視しながら言う。あ、しまった。

「大丈夫。僕も」

ラジェが土魔法で人形を作る。

土が随分とサラサラしているが、ラジェはその人形を更に水魔法を使い固めていく。二属性魔法使いなのか！　初めて見た。

「土と水の二属性を使えるの？」

「違いましゅ。砂と水でしゅ」

砂か！　砂魔法なんてものがあるんだ。そんなこと魔術書に書いてあったかな？　それよりも、私も砂魔法を使えるのかな？　あとでチャレンジしてみよう。

「じゃあ、二人の秘密で大丈夫？」

「大丈夫」

「ねぇね！」

しばらくジークを無視してラジェと話していたせいでお怒りが飛んでくる。

「ごめんね、ジーク。じゃあ、三人の秘密だね。お約束の握手しようか？」

「ねぇね。てて、てて」

「うんうん。握手だよ～」

何故か三人で円になって手を繋ぐ。これは握手ではないけど、まぁいいや。

「三人で何をしてるの？」

お手伝いの終わったマルクが不思議そうに私たちに尋ねる。いや、本当にテーブルを囲んでなんの儀式をしてるんだろう、これ。夕食もまだ途中だ。

「マルク！　お疲れ様。夕食はちゃんと残してるよ」

「あ、ありがとう」

首を傾げながら夕食をとり始めるマルクと一緒に座り、口にオークの煮込みを再び運ぶ。

その日の夜、ベッドに入る前に一人砂魔法にチャレンジする。

（集中すればできるはず。ラジェのように砂を砂を砂を）

おおお。ラジェと同じサラサラの砂が出てくる。

基本は土魔法と似ているけど、砂魔法のほうが魔力の負担が大きい。就寝前の枯渇気絶訓練は今でも続けてるけど、最近は魔力を使い切ることが難しくなってきていた。

私の就寝前のルーティンでは魔力の消費が一番激しい白魔法を馬鹿みたいに放っている。

そのせいで私の部屋は今まで何百回と白魔法で浄化されていて、この世に悪魔が存在するなら私の部屋に入った瞬間に消失してしまうだろう。まさにサンクチュアリだ、きっとそう。

毎晩の作業のような浄化魔法にも飽きたので今日は砂のお城でも作るかな。アラビアン的な建物にしよう。

砂魔法と水魔法の微妙な調整が楽しく、アラビアンお城に集中していたらボーンと鐘が鳴るのが聞こえた。

「え？　一の鐘？　寝てないよ！」

砂遊びが楽し過ぎて朝まで遊んでしまった。

おかげで私の部屋には当初の予定より遥かに大きなアラビアンな砂の城が築かれている。

明日というか今日は猫亭のお手伝いがなくて良かった。調子に乗ってオアシスやラクダの群れに砂嵐まで作ってしまった。消すのが実にもったいない。

せっかくなので最後に土魔法で絨毯を作り、上に乗り風魔法で砂の城の天辺へと飛び、ヒャッハーな気分で一人ベリーダンスを披露する。

途中で正気に戻ると一気に眠気が襲い掛かり、テンションが落ちる。

「……私、何してるんだろう」

眠い……アラビアンも堪能したし、そろそろ魔力切れを起こしそうなので白魔法の浄化を連発して枯渇気絶をする。

◆

「ミ、ミ……リー、ミリー！　いつまで寝ているの！　もう昼食の時間よ」

マリッサに怒られてベッドから顔を上げる。夜更かしし過ぎた。外を見れば天気が良くて眩しい。

「お母さん、おはよう」

「ミリー、もうお昼よ。昼食を持ってきたから食べなさい」

まだ起きていない目を擦りながらリビングに行くと、マルクとジークが昼食を食べていた。

今日は鶏のクリームスープとハンバーグか。ハンバーグ好きのマルクは好物を食べながら満面の笑みだ。

カランと足元にジークの飛ばしたスプーンが落ちる。スプーンを拾いクリーンしてマリッサに渡す。

「あら、またスプーンを落としたの？　ジークにスプーンはまだ早過ぎたかしら？」

「子供用に小さいの作ってもらってもいいかもね。木工屋に頼めば作ってくれると思うよ」

私も小さい頃はスプーンを持つのに苦労した。ジークは手掴みの食事から徐々にスプーンを使うようになり、今まではティースプーンを子供用スプーンとして代用している。

けど、持ち手が大きいほうが落とさないよね。今日は猫亭のお手伝いもないので私が木工師に相談へ行くとマリッサに志願する。

「あら、そう？　助かるわ。ありがとう、ミリー」

「ねぇね、みゃー」

みゃーみゃーと頭の上で猫の耳の手ぶりをして猫を要求するジークにマリッサが首を傾げる。

「みゃーって猫かしらね？　最近食事の時間になるとジークがよく言っているのよ。それに少し前まではなんでも食べたのに……最近、好き嫌いが激しくなってきてるのよ」

確かに最近ジークは好き嫌いがよく出るようになった。みゃーは出せないけど野菜の載ったスプーンを鳥に見立てジークの頭の上で動かす。

「ジーク、鳥さんだよ。ブーンブーン、ジーク君の口に鳥さん入りたいな～。ジーク君お口開けてー。はーい、あーん」

ジークが素直に口を開けたのでスプーンに載った野菜をぶち込む。

フッ、今日も勝ったな。

「ミリー、凄いわね！　お母さんも今度から真似するわ！　ジークがきちんとお野菜を食べてくれて嬉しいわ。料理を鳥の形にしたらもっと食べてくれるかしら？」

「え？　ああ、うん。どうだろう」

以前マリッサが作ってくれた感性溢れるウサちゃんパイを思い出しながら昼食をとり、子供用のスプーンを注文するために木工師の工房へ向かう。

「こんにちは～」

「嬢ちゃんか。今度はなんだ？」

工房の親方のロベルトさんが訝しげに尋ねる。洗濯機の製造で工房は忙しいと聞いたので、また私が面倒なことを言い出すと警戒してそう。今回は大丈夫だから。

「ただのスプーンですよ」

「おお。そうか！　それなら、店先に出してるぞ」

あからさまに笑顔になったロベルトさんが売り場にあるカトラリーを指差したので確認するが、やはり子供用のスプーンはない。

「子供用が欲しいのです。通常より短く握りやすく、スプーンの柄の部分は波型でお願いしたいです」

「それは『ただのスプーン』じゃあねぇな。まぁ、いいぞ。だがな、今はちと忙しい。商業ギルドから洗濯機の注文が大量に入っててな。見習いの奴なら手が空いているから、そいつでいいか？」

「はい。大丈夫です」

「心配すんな。手先が器用な奴だから。おい！　ビリー！　こっちに来い！　この嬢ちゃんの注文を受けてくれ」

「はい、親方」

見習いを紹介するとロベルトさんは仕事へ戻っていった。

ロベルトさんの向かった奥の仕事場を覗くと大量の洗濯機の桶が並んでいた。

商業ギルドは一体いくつ洗濯機を頼んだんだ？　この分だと鍛冶屋も忙しそうだな。

「それで、子供用のスプーンだっけ？」

「そうです。分かりやすいように絵を描きますね」

紹介されたのは、見習いのビリーというまだ十代であろうやせ型の顔色の悪い青年だ。

ビリー君は食事をちゃんと食べているのだろうか？　細すぎて折れそうだ。希望する波型の子供用のスプーンの絵を描きビリー君に渡す。

「す、凄く絵が上手いな。これならすぐ完成すると思う。柄尻はなんでこんなに大きくする必要があるんだ？」

急にハイテンションになるビリー君が興味津々に質問を始める。

「ここに絵を描いたら可愛いかなって思って」

「なんの絵だ？」

「猫とか？」

「……そうか。柄尻を大きくするなら、波型はバランスが悪くなる。握りやすい物が欲しいなら全体的に少し太くした形がいいだろう、どうだ？」

「それでお願いします」

説明された形でも握りやすそうなので、ビリー君の考えに任せる。

「スプーンだけでいいのか？」

「可能ならフォークもお願いしたいですけど、先端は丸くお願いできますか？」

「いいぞ。他は？」

「……他はないです」

なんだかビリー君の職人魂に火をつけたのか、凄いやる気だ。ついでにフォークを作ってもらえるのは嬉しい。

「分かった。スプーンとフォークの二つだな。明日には完成する。値段は一本小銅貨二枚だ」

「分かりました。よろしくお願いします」

別れの挨拶をしたが、早速作業を始めたビリー君には無視される。なんだかとても変わった人だ。親切だけどグイグイ来る感じもある。明日完成するなら仕事は速いんだろうね。

◆

翌日、猫亭での仕事後に注文したスプーンを工房に取りに向かう。

「こんにちは〜」

「木陰の猫亭の娘か」

ビリー君がいきなりゼロ距離に迫る。パーソナルスペースがもう少し欲しい。猫亭の話はしていないけれど、親方に聞いたのだろう。

「……ミリーです。スプーンとフォークを受け取りに来ました」

「木陰の猫亭の娘ミリー。注文はできているぞ。確認してくれ」

並べられたのは、注文品の二本の子供用スプーンとフォークだ。

これは、思っていたよりも完成度が高い。大きく作られた柄は握りやすく触り心地も滑らかで良い。

「素晴らしい仕上がりですね」

「そうか。時間が余ったからこれも作った」

ビリー君が引き出しからもう一つ、柄尻が猫の形をした子供用スプーンを出す。

何これ！　とても可愛い。

それに、猫のディテールが形だけではなく表情や髭の動きにいたるまで手が込んでいて、一晩で作ったとは思えない仕上がりだ。

子供用には繊細過ぎるが、欲しい。

「凄いです。短時間でよくこれが完成しましたね。ちゃんと食事や睡眠はとったのですか？」

「ああ、食事。一昨日食ったから大丈夫だ。それに、昨日は暇だったからな」

ビリー君が少しだけ口角を上げて言うが、今この工房はどう見ても暇じゃないと思う。

ロベルトさんなんかさっきから、ちげぇだろ！　とか、間に合わねぇだろ！　とか怒鳴っているよ、ビリー君。それに食事も一昨日って……

「そ、そうですか。もし良かったら、この猫のスプーンも購入させてください」

「ああ、小銅貨二枚だ」

安すぎる。そんなわけないでしょ。

「いやいや、他のスプーンを作るより時間が掛かっていますよね？　見合った額を払いますよ。ちゃんとした値段を言ってください」

「じゃあ、小銅貨三枚だ」

「……とりあえず、これには小銅貨五枚払いますね。その価値がありますから。三本合わせて小銅貨九枚ですね。はい、受け取ってください。あと、これをどうぞ」

今日、ビリー君に渡そうと持参したコロッケを手渡す。食事は毎日ちゃんととってほしい。

「なんだこれ？」

「家の店で出しているコロッケ――」

ビリー君、コロッケの説明も聞かず食べ始めたよ。やっぱりお腹空いてたんじゃない？　美味しそうに食べて私の存在は完全に忘れている。マイペースだな。

「じゃあ、私は帰りますね」

「待て。これはなんという食べ物だ？」

「コロッケです」

もう一度説明する。

「そうか、気をつけて帰れ」

「はい……」

家に帰り、スプーンとフォークをマリッサにお披露目する。

「まぁ！　これだったらジークも使いやすいわね。この猫のスプーンは凄くいい一品ね。でも耳や髭の細工は繊細だから落としたりしたら壊れそうね。ジークは壊してしまうわね」

誤飲もあるし、これは私用に使わせてもらう。

ジークにスプーンを持たせるとブンブンとスプーンを振る。楽しそうだ。以前よりも持ちやすいのか、いつまでもぎゅっと握って落とすことはなさそうだ。

フォークも持たせたが、スプーンのほうが気に入ったようだ。

後日ジョーが、夜の営業中にコロッケを三十個以上食べていった大食漢がいたと騒いでいた。おかげで準備していたコロッケが全てなくなったらしい。

（いや、まさかね……）

あの細いビリー君にそんなにコロッケが入るわけがないと乾いた笑いをこぼし、ジョーがコロッケを作るのを手伝った。

◆

商業ギルドに行く日だ。今日はマカロンを売る菓子店の物件地の決定を伝えに行く。

ジョーは、まだ登録してない菓子のレシピを登録をする予定だ。

「ミリー、準備できたか？」

「うん。お父さん、今行く」

商業ギルドに行く途中でジョーとアイシングクッキーの話になる。

実はアイシングクッキーの登録は保留状態なのだ。ミカエルさんから以前注意はあったが、クッキーを登録している商会は多いので登録の審査に時間が掛かっている。

まぁ、登録不可なら別のクッキーレシピを使ってプランBだ。

商業ギルドに到着、ギルド長の爺さんの執務室に通される。ジョーは爺さんに挨拶だけをして登録審査へと向かう。

「ギルド長、こんにちは～」

「お主は今日も呑気だな。ミカエルに内見は上手くいったと聞いた」

爺さんが執務机から私の座ったソファに移動して茶を啜る。

「はい。とても良い店舗が見つかりましたが、なんだかギルドの思惑通りの選択になるような気がします。それでも立地に条件も含め、とても良い物件を紹介していただけました」

爺さんがニヤニヤしながら決めた物件を尋ねる。やっぱり、ギルドの策にはまったような気がする。

「初めに見た、大通り近くの金貨一枚の物件です」

「クク。そこ以外を選んでおったら阿呆だ」

「阿呆って……それより、本日ミカエルさんはいないのですか？」

「ミカエルは、接客中だ。あとでこっちにも来る。長引いておるのだろう。菓子でも食べておけ」

爺さんが別の秘書を呼ぶとお茶とお菓子が目の前に置かれた。

（おや？　このお菓子は何？）

どう見てもたこ焼きに見えるのだが……そんなはずはない。

口に入れる。あ、これはカヌレ？　いや、食感は似ているがラム酒は使われていない。

上に散りばめられているのはピスタチオか。外はカリっとして中はもちっとしたこの食感は素晴らしい。至福。

一つ確認をしたく、たこ焼きカヌレをもう一つ口に含む。やはり、懐かしい味がする。

「ギルド長！　バニラがあるのですか？」

「バニラ？　このレシピは登録されているが、公開されておらぬので他言はできん」

「そうですか。とても美味しいです」

公開されていないのは残念だけれど、これは絶対バニラだ。

たこ焼きカヌレのサイズがもう少し大きければいいのにな。最後の四個目のたこ焼きカヌレを手に取り嘆《なげ》く。

「これだけじゃあ足りないです！」

「お主はよく食べるな。それは一つ銅貨三枚だぞ」

え？　銅貨三枚！　ボトッと手に持っていた、たこ焼きカヌレを床に落とす。

「ああああああ」

急いで拾いクリーンを掛けフーフーと息を吹きかける。

三秒ルールとクリーンで大丈夫なはず……だよね？　たこ焼きカヌレが落ちた床をチェックすれば、爺さんが声を上げる。

「ちゃんと掃除はしとるわい！」

菓子を捨てるという選択肢は始めからない。

クリーンもしたし大丈夫だろう。食べられるはず！　と、たこ焼きカヌレを口に入れる直前、爺さんが掃除したという床に埃が舞ったのが見えて手を止めた。

掃除とはいつしたのだろうか……

「お主、気持ちが顔に出ておるぞ。無理をするな。もったいないと思うのなら私が食べても良いぞ」

「私が落としたので――あ、やっぱり無理です。お願いします」

たこ焼きカヌレを押しつけると、爺さんは食べずに意地の悪い表情をする。なんだろう、嫌な予感がする。

「食べてやるのには条件があるがな」

やっぱりタダほど怖いものはない。恐る恐る爺さんに尋ねる。

「条件とはなんですか？」

「お主が私の質問に嘘偽りなく答えることだ」

「お菓子を食べてもらうだけなのに条件が重たすぎます。肩揉みでお願いします」

肩を揉む手ぶりで爺さんを説得しようと試みる。

「くっ。確かにお主の肩揉みは気持ち良いが……。では、質問にハイかイイエで答えるのはどうだ？」

「それなら良いですよ。ただし、質問は一つだけです」

「二つだ」

「一つです」

爺さんと互いに譲らずに数回同じことを繰り返したあとに無言で睨み合うこと数十秒、爺さんが取引に色を付ける。

「質問二つならその菓子を追加してやるぞ」

「ぐぬぅ。二つまでで、分からない質問は無言とします」

「……良かろう」

お菓子に釣られて質問を追加で答えることを承諾してしまったけど、一体何を尋ねてくるのだろうか。

「では、ギルド長、質問をどうぞ」

「うむ……お主はなんだ？」

え？　爺さん、遂にボケたか？

ハイかイイエで答えられる質問じゃないし……無言だな。

何も答えずにじっと爺さんを見つめれば、もどかしそうに爺さんが尋ねる。

「なぜ黙っておる？」

「分からないから無言です。まず、ハイかイイエで答えられる質問でお願いします」

「はっ！　そうか！　確かにそうだな。やり直しだ」

「認めません。質問は残り一つです。きちんと考えてから質問をしてください」

爺さんの変なミスのおかげで質問は一つで済みそうだ。今日は運がいい。やり直しを粘る爺さんの交渉を押しのける。

「ぐぬぬ。うむ。それでは、お主は水属性と聞いたが白魔法も使っていた。二属性魔法使いなのか？」

「……答えはイイエであります」

「は？　どういうことだ？」

「質問の時間は終わりです。お菓子の時間です。追加のお菓子をよろしくお願いします」

「くっ。仕方ない。誰かいるか？　オーシャ焼きを追加で頼む」

チリンと鈴を鳴らして爺さんが菓子を追加する。

このお菓子はオーシャ焼きというのか。しかし、一個の値段が銅貨三枚って砂糖だけじゃなくてバニラも高額なのかな？

「このお菓子、オーシャ焼きという名前なんですね」

「オーシャ商会の新商品だ。あの商会はソフトクッキーも手掛けておる。アズール商会と縁続きの商会だ」

「おお。ソフトクッキーの！　素晴らしいですね」

爺さんが言うにはアズール商会の会頭とオーシャ商会の会頭の妻が姉弟だそうだ。あのロイさんの義兄の商会のお菓子か。ソフトクッキーもだけど、このオーシャ焼きをこの国で開発できているのは凄い。私は所詮、地球の先人の知恵を使っているだけだけどこれを開発した人はまさに——

「天才ですね」

「そうか？　確かに美味しいが、お主のほうが天才であろう？」

「褒めていただけるのですか？　ありがとうございます」

「一般論だ」

「そういうことにしておいてあげますよ」

爺さんの悔しそうな顔を見ながらオーシャ焼きをポイっと口に入れ紅茶を啜ると、ドアがノックされミカエルさんが執務室に入ってくる。表情から少し疲れているようだ。

「ミリー様、お待たせして申し訳ありません」

「大丈夫ですよ。ギルド長と質問ごっこをして遊んでいましたから」

「そうでしたか。おや？　こちらはオーシャ商会の新製品ですね」

「はい。美味しくいただいてます」

ミカエルさんが今日遅れた理由は、例のアイシングクッキーの登録審査について揉めたからだそうだ。

「アイシングクッキーの登録自体は無事にできましたのでご安心ください。実はオーシャ商会、というよりアズール商会からの苦情処理に手間取っておりました」

「そうだったんですか。どのような苦情があったのですか？」

「双方の商会のクッキーレシピは違いがあるのですが、アズール商会が販売しているオーシャ商会のクッキーとミリー様のクッキーレシピは所々似ております。当初は問題なく登録される予定だったのですが、アズール商会から再審の問い合わせが入ったので審議のやり直しをしておりました」

再審議も終わり、アイシングクッキーも無事に登録できたので安心してほしいとミカエルさんが念を押しながら言う。

「そうだったのですか……再審の問い合わせが可能だったのですね。知らなかったです」

「レシピを未公開での登録でしたので、この件はある程度予想しておりました。クッキーを登録する際は大抵通る道です」

「ロイ……アズールの会頭はそれで納得したのですか？」

ミカエルさんが嫌そうな顔でロイの話を始めた。

「いつまでもネチネチとうるさかったので口外しないという血の契約を結び、実際に食して納得して頂きました」

ミカエルさん……とても清々しい顔で微笑む。血の契約《ブラッディバキューム》か。ロイさんは確かにちょっとネチネチしてるかな。前に差し出してきたおててもネチネチしていたし……

でも、ソフトクッキーやカヌレを独自に生み出している商会とは、できれば敵対したくはない。

そのためにも、クッキー系の新商品はしばらく控えよう。

「それでは、本題の物件の話に移りますね。内見から数日経ちましたが、ご決断はされましたか？」

「はい。一件目の金貨一枚の物件でお願いします」

「ファーナ通り五番の物件ですね。良い選択です。それでは、物件の契約書も持参しましたので本日契約いたしましょう」

「お願いします」

仕事が早い。ミカエルさんが机の上に置いた契約書は普通の紙だった。今回はこれだけ？

「血の契約ではないのですか？」

「こちらは特に守秘義務等のある契約ではございません。一般の契約書で十分ですよ」

「そうなんですね、良かった」

「安心しているところ申し訳ありませんが、従業員との契約は血の契約になります。本日まとめて契約をしましょう」

追加で目の前に置かれた血の契約書、枚数が多くない？　これ、何枚あるのだろう。そんなに血を出したら干からびるよ！

「キャンベルさんを含む残りの厨房料理人分の四枚。それから、フロントの従業員はまだ決まっておりませんが、フロント従業員用の契約書が五枚です」

「わ、わーい」

ミカエルさんは厨房の従業員をルーカスと共に面談してすでに確保したようだ。

「前回お手を怪我されましたよね？　ジョー様が必要でしたら、こちらの血の契約はあとでも大丈夫ですよ」

「だ、大丈夫ですよ。できます！　たぶん……」

指先を見ながら答える。大丈夫、少し触るだけだ、針を。

「先に大工との顔合わせをしても大丈夫ですよ。本日丁度商業ギルドにおりますので」

「そうなんですか？　じゃあ、そうしようかな」

「では、先に店舗の契約書の確認と署名をお願いします」

契約書の内容は大体聞いていた通りだ。

最終月の一か月分の家賃の前払い。それから店の破壊や火事などが起こった場合にはペーパーダミー商会に非があれば建物の持ち主へする補償内容などが記載されてあった。

礼金、敷金や保証金などはどうやらないらしい。

「補償で揉めたり、払わなかったりしたらどうなるんですか？」

「ギルドの仲介による話し合いをするしかないですね。それでもお支払いいただけない場合は……今後王都で商売もですが、職に就くのも難しくなりますね」

「あ、そうなんですね」

「お主は用心深いな」

静かだった爺さんが口を挟む。

「どうなるのかなと思っただけですよ」

「市場の商売人や食事処のオーナーは字が読めない者も多いからな。契約書の内容をきちんと把握せず署名する奴もいる。大体揉めるのはそういう類《たぐい》の者だ」

「字が読めない場合はどうしてるんですか？」

「商業ギルド員が契約書を代読しておる」

代読しても署名している書類を理解してないなら意味がなさそうだけど……

まぁ、でもこっちでいう破壊のレベルは壁の押しピンとか床の傷とか可愛い話じゃないしね。

こっちの破壊って建物や内装の半壊とか全焼とかのレベルだ。破壊しなければいいって話だね。

うんうん。

そんなこと今までしたこ――そういえば、契約書事件の時に商業ギルドを破壊しそうになったことがあった……これからはしない！

「署名しました」

「ありがとうございます。では早速、大工と顔合わせをしましょう」

「見習いの服に着替えなくて大丈夫ですか？」

「大丈夫ですよ。大工とギルドはすでに守秘義務の契約をしております。第二応接室に移動しましょう」

「ミカエル、よろしく頼むぞ」

執務室から退室、第二応接室に通され大工を呼びに行ったミカエルさんを待つ間にハンカチに包んでポケットに忍ばせていた、たこ焼きカヌレを食べる。

十分もせずに戻ってきたミカエルさんの後ろには身長が低く、小柄な若い女性がいた。

もしかして、ドワーフ族でないかと勝手に期待したが冒険者の話によると他の種族を王都で見ることはほぼないそうだ。

でも、存在はしているらしいのでちょっとだけ期待をしてしまう。

「ミリー様、こちらはギルドの専属大工のリーさんです」

「はじめまして。リー・ローです」

「こちらこそ、初めまして。ペーパーダミー商会会頭のミリアナ・スパークと申します。以後よろしくお願いします」

「あ、あなたが……そうなのね。ミカエルさんも人が悪いですね」

リーさんは二十代半ばだろうか？　身長は百四十センチ台で、引き締まった身体に出るところは出ている。

小麦色に焼けた肌に赤茶色の髪と瞳がよく似合っている。あと、彼女からするヒノキのような匂いが心地よい。

リーさんが六歳児会頭に驚いた表情を見せたのは初めだけで、その後のお店の改装の話し合い中はとても丁寧な対応だった。

結局現場を確認しない限り詳しい話は進まないとのことで、リーさんとは一週間後に店舗でまた会う約束をして初顔合わせは無事に終了した。

「とても丁寧な方ですね」

「はい。彼女は仕事も丁寧で顧客の満足度も高いですよ」

「若いのに凄いですね」

「え？　ええ……」

ミカエルさんが苦笑いをしながら言葉を濁す。ん？　ああ！　若いのにとか六歳児のセリフじゃないね。

「綺麗な人ですよね」

「そ、そうですね」

何故かぎこちなく答えたミカエルさんは、物件の契約書を今日中に提出するために第二応接室を退室した。

執務室に戻ろうと思ったが、どうやら爺さんはまだ会議中らしいので、この部屋で会議が終わるまで待機することにする。

ミカエルさんが退室する前にお茶を準備してくれたので、それを飲みながら再びたこ焼きカヌレを食べ一人で待っていると何やらドアノブからカチャカチャと音が聞こえた。

不審に思い、ドアに忍び寄って耳を当てるが何も聞こえない。

確かここ防音だったはず。嫌な予感がしたので急いで隠し部屋に入ると、間もなく第二応接室のドアが勢いよく開いて男女が入ってきた。

知らない人たちだ。キョロキョロと辺りを見回しているが、何をしに来たのだろう？

男がイラつきながら女性を責める。

「確かにこの部屋か？　誰もいないじゃないか？」

「はい。ここから先ほどギルド長の右腕のミカエルさんだけが出てきましたので……間違いないと思ったのですが……」

「茶は確かに出てるな。行き違いになったのか？　クソッ、待つか」

男がドカッとソファに座ると女性が慌ててそれを止める。

「やめてください。この部屋の鍵を早く元の場所に戻さなければ、気づかれてしまいます。私はもう案内したので、これ以上は関わりたくないです。これ以上の横暴。見つかれば私もあなたもただでは済みませんよ」

「分かった。また別の機会にするか」

全く誰か分からないし、状況も分からないが二人はすぐに応接室から出ていった。隠し部屋から出て、風魔法で備え付けのラックを移動して入り口を塞ぎテーブルを確認する。

（たこ焼きカヌレは無事そうだ。良かった）

たこ焼きカヌレを食べながら先ほどの二人のことを考える。

二人とも初めて見る顔だった。でも、会話から女性は商業ギルドの関係者のような気がした。危害を与えに来たって感じでもなかったし、誰か別の人と勘違いしたの？　ミカエルさん……は忙しいので、会議が終わったら爺さんにでも報告するか。

爺さんの会議を隠し通路から聞き耳を立て確認したが、しばらく掛かりそうなので砂魔法と土魔法を使って応接室に砂漠で歩く亀を作ることにする。

亀に乗ってのしのしと移動しながら遊んでいたらミカエルさんが戻ってきた気配がしたので亀を消す。

「ミリー様……これはなんでしょうか？」

あ、さっきの侵入者の件でドアの前にラックを移動したままだった。

露骨に魔法は使用できないので押している素振りを見せながらラックを押しのけ、困った顔で応接室のドアの前に立つミカエルさんに言う。

「あ、イタズラではないです。ちゃんと理由があります」

「何があったのでしょうか？」

先ほどの男女の話をして、ラックを扉の前に移動した理由を説明すると、ミカエルさんはボソッと困りましたねと眉間に皺を寄せながら呟き尋ねる。

「女性のほうはギルドで働いている可能性が高いでしょう。他に覚えていることはありますか？」

「んー。髪の毛の色くらいですね。もう一度顔を見れば分かると思います。絵に描くにも顔をはっきりとは覚えていません」

「もう一度見れば分かるのですね？」

それでは、とチラっと応接間にある覗きの魔道具の絵に視線を移すミカエルさん。

ああ、これは……

二十分後、隠し部屋で待機中である。

もう予想はしていたけど、応接室には番号札を持たされた同じ髪色の女性たち七人が一列に並ばされていた。

これは前世の映画で見たアメリカ警察での容疑者のラインナップとそっくりだ。

(犯人は三番だ!)

とはいえ犯人……なのか? 同じ人物ではあるけれど、そう呼んで良いのかはよく分からない。

三番の女性は明らかに顔色が悪くソワソワとしている。

女性たちが全員応接室を退室したので、埃の溜まった隠し部屋をクリーンしてミカエルさんと合流するが、回転の勢いで着地を失敗して床に転がる。どうして!

「ミリー様、大丈夫ですか!」

「はい。もう慣れたので……それより応接室に無断で入ってきた女性は三番の方です」

「三番ですね。ご協力ありがとうございました」

「彼女はどうなるのでしょうか?」

「話を聞かない限りなんとも言えません。詳細が分かりましたらお知らせいたします」

ミカエルさんの表情を見る限り、いいことは起きなそう。

どんな理由であれ、商業ギルドで働く人が外部の人に私欲で情報を流すのはご法度《はっと》だ。

「ギルド長の会議もそろそろ終わったと思いますので、執務室にご案内しますね」

爺さんの執務室に入りソファに座る。

ミカエルさんが爺さんに耳打ちをしている。さっきの話だろうな。爺さんが表情を変えずにミカエルさんの話が終わると口を開く。

「そうか。残念だな。ミカエル、後始末は頼んだぞ」

「はい。畏まりました。ミリー様、それでは後ほどジョー様が戻りましたら従業員との血の契約書の署名をお願いいたします」

ああ。そうだった。まだそれが残ってたんだった。ミカエルさんが執務室を退出すると、特にやることもなく足をプラプラする。爺さんはまだ仕事が終わっていないようで机の上にある大量の契約書に目を通している。

「何をチラチラとこちらを見ているのだ？」

暇だからとは言わずに、鼻高々に言う。

「ギルド長の真剣な仕事姿を拝見しておりました」

「よく言うわ！　暇なら子供らしくお絵描きでもしたらどうだ？」

「そうですね」

「また私を描くのか？」

爺さんを描いてもいいけど、今日はちょっと趣向を変えよう。

「いえ、今日のテーマは『侵入者』です」

「……応接室の件は大体予想がついている。お主の商会と繋がりを持ちたい者だろう。これからはそういう輩《やから》も増えるだろうから気をつけよ」

「気をつけますが、今回は鉢合わせしてたとしてもギルド長のひ孫が別室でお茶とお菓子を食べていたようにしか見えないと思いますが……」

「確かにそうだが、お主への手出しは困る。癇癪を起こして商業ギルドを壊されたら堪《たま》ったもんじゃない」

「癇癪って……」

爺さんそれって私を心配してるんじゃなくて、私が何をするのか懸念しているのでは？　プクっと頬を膨らませる。

「なんだ、その顔は」

「小さな抗議です」

爺さんが私の膨らませた頬に指を刺す。痛い……

「毎回は不可能だがお主が商業ギルドにいる間は、護衛を付ける」

護衛とかやめてほしい。そんなのに付け回されたら逆にいろいろ勘づかれそうなんだけど。

「護衛が付いていたら逆に怪しくありませんか？　ＶＩＰ対応はありがたいのですが、今のままで大丈夫です」

「ヴィーアイ？　なんだそれは？」

「絵ができました！」

考えなしにＶＩＰと言ったことを爺さんに絵を見せながら誤魔化《ごまか》す。

鼠姿の泥棒と鼠小僧だ。

「なんだこれは？　フードを被った鼠と不思議な模様の被り物をした男が爪先立ちしているのか？」

「これは額縁に入れないでくださいね」

爺さんが鼠アンド鼠小僧の絵を丁寧に引き出しに片付ける。

そんな爺さんに額縁は禁止だと念を押す。

「先ほどの話に戻るが、護衛とは影の者だ。他の者には存在を気づかれることはないから安心しろ」

忍者さんか！

もしかしてこの瞬間もどこからか監視されているの？　どこにいるのだろう？　辺りをキョロキョロと確認する。

やっぱり忍者といえば定番の天井の裏だよね。

視線を天井に全集中するが、忍者さんの気配は感じない。

「お主は、何故に天井を凝視しているのだ？」

「いや、忍……影の方がどこいるのかなぁって思いまして」

「会いたいのか？」

「え、会えるんですか？」

「月光、出てこい」

天井を見上げた爺さんがニヤリと笑って声を掛けた瞬間、爺さんの背後に魔力が集まったと思ったら黒ずくめの男が立っていた。

男は中肉中背で顔には灰色の面のようなものを付けていた。

雰囲気はまさしく忍者だ。低いが透き通るような声で忍者さんが挨拶をする。

「初めまして、ミリアナ嬢。月光と申します」

「以前も一度お話はしたことはありましたが、お会いするのは初めてですよね？　ミリアナ・スパークです」

仮面で顔が見えないけど、なんとなく月光さんが微笑んだような気がした。

「これ以上ギルド内での面倒事は避けたい。これから、お主が商業ギルドにいる間は可能な限り月光を付ける。そのつもりでいろ」

公認ストーカーを付けられるのには反対だけど、確かに面倒事は避けたい。ここは素直に爺さんに従い、商業ギルド内ではできるだけ魔法を使わないようにしよう。

「分かりました。月光さん、よろしくお願いします」

「こちらこそ、ミリアナ嬢」

「ジョーの奴がそろそろ戻ってくる頃だ。対面も終わったな。月光」

「はっ」

爺さんが命令すると月光さんが目の前から消える。今度は見逃さないように目をしっかりと開けて見ていたが、月光さんの姿はいきなり消えた。魔法なのか？　魔法の痕跡は天井へと向かっているのでそこにいるのだろうけど、かなりの使い手のようだ。ギルド内での魔法の使用は本気で気をつけようっと。

それからすぐにジョーとミカエルさんが執務室に戻ってきた。今回は登録件数がいつもよりやや多めだったこともあり、ジョーが少しやつれている。家に帰ったら肩揉みでもしてあげようかな。

「お父さん、お疲れ様」

「ああ、ミリーもな。残りは血の契約書だけか？　手伝ってやるから、あっちを向いてていいぞ」

ジョーの助けで無事に針ブスも終わり、必要な血の契約には全てサインした。

さぁ、帰ろう。

鳥の知らせ

王都はすっかり春だ。マイクに貰った柑橘系のボーナの実を齧《かじ》りながら屋上でラジェとまったりするのにはいい気候だ。うん。光合成だ。私もボーナの実を採りに行きたかったけれど、残念ながらこの春はまだ森へ行くことができていない。

「ラジェ、ボーナの実は美味しい？」

「しゅっぱい、でも美味しいでしゅ」

ラジェがボーナの実を食べる姿を眺めながら欠伸《あくび》をする。今日のランチは忙しかった。ラジェも今日は厨房の手伝いをしていたので忙しそうだった。

空を見上げると、うろこ雲が広がっている。

そういえば、前世の誰かはこの雲をさば雲って呼んでいたな。

この国には雲の名前なんか付いていない。雲は雲だ。星も星としか言わない。

ここから見える一番大きな月のような青い星だけはモドラーと名前が付いている。

今日もモドラーは昼なのにしっかり見える。

天気の良い日に外で昼寝、最高だ。これ以上の贅沢はないだろう。

わがままを言えば、クリームソーダを飲みながら日向ぼっこができれば最高なんだけどね。

アイスクリームなら作れそうだけど、炭酸がね……作り方が分からない。

ましてやメロンソーダの作り方なんて分からない。ああ、シュワシュワが飲みたい！

（メロンソーダフロート……）

そんなことを考えていたら、いつの間にか目を閉じていた。

『アーアーアー』

え？　何？　バサバサと顔の前に何かが体当たりしてきたのに驚いて瞼《まぶた》を開けると、目の前には
いつかのマージ婆さんの青い鳥がいた。

『イタ　イタ　クルシイ　クル』

え？　なんでこの鳥がここにいるの？　籠から逃げたのかな？　それよりも――

「苦しいって言ったの？」

『ポッ　ポッ　ポーッ』

普通の鳥に戻りやがったよ。

マージ婆さんのことも心配だし、鳥が逃げて困っているだろうから届けるか。

隣で寝ていたラジェを起こそうと振り向くと、もう片方の青い鳥がラジェの頭の上にいた。

「ラジェ、起きて！」

『エサノジカンダヨ』

青い鳥が首を上げ下げしながら言う。

「いや、違うから。ラジェ、起きて」

熟睡していたラジェの肩を軽く揺らせば、目を擦りながら起き上がる。鳥は今だにラジェの頭の上で当たり前のように餌をねだっている。

「ん？　あしゃ？」

「違うよ。マージ婆さんの鳥が迷子になっているみたいだから、届けに行こう」

あれ？　さっきまで目の前にいたもう一羽はどこにいった？　辺りを探すがいない。

「頭でしゅ」

「え！　わぁ！」

ラジェに言われて頭を触ると鳥がクルクルと回りながら一か所に落ち着く。

これ、完全に居座る気だ。

「鳥、私の頭の上は巣じゃないよ」

『ピィー！』

頭の上から鳥を動かそうとすれば、暴れて抵抗される。

ラジェの頭の上にいる鳥もリラックスして離れようとしない。

なかなか図々しいが、可愛いから許す。

「仕方ないから、このままお婆さんに鳥を届けに行こう」

「あい」

ラジェと一緒に一階に下り、チェックインしている客を横目に早足でマージ婆さんの家へ向かう。

途中で店先を掃除していたマイクに声を掛けられる。

「ミリー、それ婆さんの鳥か？」

「うん。お婆さんの鳥が逃げたみたい。今から届けに行くところだよ」

マイクに軽い事情と鳥が発した『クルシイ』という不穏な言葉を伝える。

「婆さん、最近体調が悪くて、母さんに薬貰ってたからな。心配だな」

「そうなの？　心配だから急ぐね。またあとでね、マイク。ラジェ行こう！」

「あい」

お婆さんの家に着いて表のドアを叩くが反応はない。この時間はいつも外のベンチに座っているのだけど……。

「マージ婆さーん！　猫亭のミリーです！」

風魔法に声を乗せ奥まで聞こえるよう叫んだが返事がない。

勝手に家に入るのは気が引けたが、嫌な予感がする。玄関には鍵が掛かっていないので、勝手に入り家中の部屋を開け、ラジェとお婆さんを探す。

『ピィ！』

頭の上の鳥が飛び立ち、裏庭へと向かったので追いかける。

裏庭に出てすぐ、籠の前で倒れているマージ婆さんを発見したので急いで駆け寄る。顔色が悪く手足が冷たいが息はしている。良かった……死んではいない。

「お婆さん！　聞こえますか？」

返事がない。何かの発作だろうか？　これはヒールで治せるだろうか？

隣にラジェがいるけど、そんなことを気にしている場合ではない。手遅れになる前に胸に置かれたお婆さんの手に軽く自分のものを添えて、唱える。

「ヒール」

おおお。魔力を吸われる感覚がする。全ての魔力が右の胸の下辺り向かっている。

でも、以前ギルド長の爺さんの友達のアイザックさんにヒールを掛けた時よりも負担は少ない。あそこまで大きな病気ではなかったのかもしれない。

無言でこちらを見るラジェの視線がとても痛い。

「……ん」

マージ婆さんの意識が戻る。顔色は大分良くなったが、まだ辛そうだ。苦しんで体力を消耗したのかもしれない。

「マージ婆さん、大丈夫ですか？」

「う……猫亭の子かい？　私は倒れていたのかい？　鳥は？　籠を開けたままで――」

「大丈夫です。鳥はちゃんといます。立てますか？」

「……立てないね」

何度か立ち上がろうとしたが、やはり体力がないようだ。

お婆さんを見ているようラジェにお願いして、急いでジゼルさんを呼びに行く。

ジゼルさんがいなかったのでゴードンさんと共にお婆さん家に戻り、無事にベッドまで運ぶことができた。

ゴードンさんが呆れながらマージ婆さんに小言を並べる。

「マージさん、だから言っただろ？　早く教会で治してもらえって。それをここまで放っておくから……」

「ゴードンの坊や、分かったから耳元で大声を出すのはやめとくれ」

「僕はもう坊やじゃないから。それに今回はミリーちゃんたちにも迷惑を掛けたのを理解してくれ。もし、誰も気づかなかったらどうなっていたと思う？」

珍しくゴードンさんが厳しい表情で叱ると、マージ婆さんが素直に謝罪する。

「みんなに迷惑掛けたね。悪かったね。助けてくれてありがとう」

「大事に至らず良かったです。早く元気になってくださいね」

マージ婆さんの病気は食後や夜中に痛みを引き起こし、胸の痛みで倒れることのある病気だと説明を受けた。胆石《たんせき》だろうか？　分からないけど、ひとまずお婆さんが無事で良かった。

しばらく安静にして、そのあとで教会に治療に行くとゴードンさんが婆さんから言質を取った。病気は治っただろうけどゴードンさんたちはそのことを知らないし、マージ婆さんは体力を消耗したせいかまだ体調は悪く見える。

ゴードンさんの小言が続く中、ジゼルさんが到着したので挨拶をする。

「ジゼルさん、こんにちは」

「ヒィ。あ、ああ。ミリーちゃん。大変だったね」

ジゼルさんが明後日の方向を見ながら言うとゴードンさんが笑いを堪《こら》えながら私たちを部屋から

出す。

「あとは大人に任せなさい。二人は送っていくから鳥を籠に入れてきてくれ」

ジゼルさんはマージ婆さんの世話をするために残るそうだ。私とラジェは鳥たちを籠に入れ、餌と水を取り替えると鳥が嬉しそうに喋る。

『エサノジカンダヨ』

「うんうん。今度は正解だね」

隣で鳥に餌を与えるラジェをちら見する。

私がヒールを使うのを目撃してから一言も話さずに黙っている。今まで上手く魔法は隠してきたのに……何故か知り合って間もないラジェにはいろいろとバレている。

「ラジェ、帰ろうか？」

「……あい」

ラジェ

放心状態のまま部屋に戻ったラジェは今日の出来事を整理する。

（水魔法、風魔法、土魔法、砂魔法、それに白魔法……）

ラジェはミリアナの前ではできるだけ平気な顔をしていたが内心とても困惑していた。

ミリアナが自身と同じように複数属性持っていることは知っていたが、まさか白魔法まで使えるとは想像もしていなかったのだ。部屋にいたガレルから砂の国の言葉で声を掛けられる。

「ラジェ、戻ったのか？」

「うん。休憩中なの？」

「ああ、また厨房に戻るがな。ここでの生活には慣れたか？　今までの生活と違い苦労を掛けるがすまないな」

ガレルが向ける申し訳ない顔。いつもだったらそれに嫌な気持ちになるラジェも、今日だけは別のことで頭がいっぱいだった。

「慣れたよ。今までの生活より楽しい、そして自由」

「そうか。言葉も違うから、耳のせいで発音するのを困っていないか？」

「……少し」

「いつか必ず治そう」

こくんと頷いたラジェは小声でガレルに礼を言う。

「ありがとう」

「うん。そういえば、ミリー嬢ちゃんとも仲良くなったみたいだし、隣の薬屋の坊主とも友達になったと聞いた」

「みんな優しい。ミリーちゃんが特に……」

何かを言い掛けて止めたラジェにガレルが揶揄《からか》いながら言う。

「なんだ？　惚れたのか？　綺麗な子だもんな。砂の国の美人とは違うが、将来は引く手あまただろうな。ん？　なんだ？　何を一人前に拗ねてんだ」

ガレルが大声で笑うとラジェが赤くなり不満を露わにする。

「ガレル、うるさい」

「ここでは、お父さんと呼べよ」

「分かった。お、お父さん」

ラジェがぎこちなくそう言うと、ガレルは頭を掻きながら苦笑いをする。

「ラジェにお父さんって呼ばれると照れるな」

「お父しゃん」

ラジェが王国語でそういえば、ガレルがはにかみながら話題を逸らす。

「そうだ！　マルクだったか？　あの子はミリー嬢ちゃんから字を習っているらしい。二人と一緒に勉強したらどうだ？　この国は裕福な子供しか字を覚えないそうだ。今後のためにも今より覚えたほうがいいぞ」

「うん。言葉は少しずつ覚えているよ。ガレ……お父さんは？」

「ここの言葉は難しい。ラジェほどじゃないが俺もどうにか勉強している。お前は、あんなことがあって耳が悪くなったが——いや、この話はやめよう」

ガレルが口を噤《つぐ》み視線を逸らす。

(ガレルは僕の耳のことを自分のせいだと思っている。そんなことはないのに)

「僕は大丈夫」

「そうか。ラジェは頭が良いからな。お前の母さんも勉強は得意だった。幸い、お前を預かってくれていた商人のエルーグ家ではきちんと勉強させてもらっていたから良かった」

「この国に来られたのもあの人たちのおかげ」

「そうだな。この国には白魔法使いも砂の国より多い。金が貯まったら耳を診てもらおうな」

ガレルが最近口癖のように言う言葉を聞きながらラジェは頷いた。

「うん。ありがとう」

ガレルはその後少し静かになったが、すぐに話を切り替えた。

「ああ、そうだ。聞いた話によると、エルーグ商会とローズレッタ商会は縁続きになるらしい。商業ギルド長のエンリケさんは覚えているだろう？　あの人のひ孫とエルーグ商会の会頭の孫娘が婚約したらしい」

「サナーが？」

ラジェが目を見開き言う。

「ああ、知り合いだったな。婚約の条件の一つが俺たちをこの国に連れてくることだったらしい。厄介払いだろうが、まぁ、この国で俺たちが生きていけるよう手配してくれたのは感謝するしかないな」

「うん。ここはいいところ」

「因みにな、女将さんのマリッサさんはエンリケさんの孫娘らしいぞ。俺も昨日、初めて知ったがな」

「知らなかった。ミリーちゃんはエンリケさんのひ孫ということ？」

「ああ、そうなるな。お！　そろそろ仕事に戻る時間だ。今日も四階に行くんだろ？　字の件、習えるか聞いておけよ。じゃあ、行ってくるぞ」

部屋を出るガレルに手を振り見送ったラジェは砂の国にいた頃のことを考えていた。

（お父さん……か）

今はラジェ・ガレルと名乗っているラジェだが、少し前までは姓がなかった。

砂の国では父親の名前が姓になるのだが、妾腹《しょうふく》のラジェは父親の名前を名乗ることができなかった。

ガレルはラジェの母親の兄で伯父にあたり、ラジェはダイトリア王国に向かう直前に初めてガレルと対面したのだった。父親の侯爵だった男とラジェは数えるほどしか会ったことはなかった。

（母さんは優しい人だと言っていたけど、僕には到底そうとは思えない）

ラジェは父親によって産まれてからずっと母親と共に別邸に隔離され放置されていたが、魔力が高いと知られて母親から引き離されそうになった。

その時に起きた馬車の事故で母親は死に、ラジェ自身も頭を強打したことから難聴が生じて今に至る。

砂の国には白魔法を使う者はほとんどおらず、ラジェの耳は治療こそしてもらったものの完全には治せないと言われていた。

（砂の国の言葉なら問題ないけど、この国の言葉はどうしても発音が難しい）

父親の侯爵は呼びつけたラジェの耳が聞こえないと分かると、息子をあっさりと商人に押しつけ、家から厄介払いをした。

商人のエルーグ家では勉強や最低限の世話をしてもらったが、会話する者は他には誰もおらず、屋敷の離れで一年ほど一人きりで過ごした。

エルーグ商会会頭の孫娘のサナーだけは、時折遠くから手を振ってくれたが、人との交流といえばそのくらいで、寂しさから母親が生きていたらと何度も願った。

転機が訪れたのは、父親の侯爵が他国との争いに出陣して命を落としたことだった。

父親が死んだと訃報を受けたラジェは、正直会ったこともない故人を悼《いた》む気持ちにはなれなかった。

侯爵夫人には男女の子供がいたが、爵位を継げる腹違いの兄もその戦いで負った傷が酷く、侯爵家は混乱していた。

そのうちエルーグ家からラジェにある提案がされた。

その内容は今後、侯爵家で起こるかも知れない後継者争いに巻き込まれないように別の国へと逃がす手はずを整えるというものだった。

(実際はもしかしたら自分たちが巻き込まれたくなくて、僕を追い出したかも知れない)

それでも孫娘の婚約のような重大な事柄の条件に自分の身の上を保証するという条件を織り込んでくれたこと、それに唯一の家族のガレルに会わせてくれたエルーグ家にラジェは深く感謝している。

エルーグ家は侯爵家の動向を探りながら、慎重にガレルとの出奔《しゅっぽん》の話を進めていた。

そのためラジェが初めて自分の伯父と対面したのは、ダイトリア王国に向かう前日だった。

その時にガレルから聞いたのは、ラジェの母親とガレルは、彼女が貴族の妾になってから一度も会うことなく、亡くなったとだけ連絡が入ったという話だった。

ラジェの存在もエルーグ家が彼に連絡をするまで知らなかったのだとガレルに謝罪された。

ガレルは当時勤めていた冒険者ギルドの解体人の仕事を辞め、ラジェと砂の国を出奔《しゅっぽん》することを選んだ。

(ガレルは国を離れるなんてなんでもないって言っていたけど……)

きっと心の中では寂しいのではないかと考えると、ラジェは暗い気持ちになった。

ラジェはダイトリア王国では貴族だったことも魔力が高いことも他言する予定はなかった。

なかったのだが、偶然ミリアナが宙を飛ぶのを見て考えが変わった。

(ミリーちゃんは、僕なんかよりも遥かに高い魔力だ)

普通の魔力では空中を飛ぶことは不可能だとラジェも理解していた。

ラジェは他の人がミリアナの魔力の高さに気づかないのを不思議に思い、数日観察してようやく、彼女が魔力をこっそり使うのに長《た》けていることが分かった。

実際にどれほどミリアナの魔力が高いのかはラジェにはかることはできなかったが、ミリアナが自身の魔法のことを隠しているのは伝わった。それに、そんな話は易々と人にはできないことをラジェは自分の経験からよく理解していた。

(僕は、ミリーちゃんが困ることはしたくない。ここに来て僕に一番に親切にしてくれているし、綺麗で可愛くて優しい……)

ラジェが少し赤くなり拳に力を入れる。

「ミリーちゃんの秘密を僕は守りたい」

大切なのは

今日はマルクとラジェと午後から仕事のない組でダイニングテーブルを囲む。

「ミリーちゃん、この計算は合っているかな？」

「ミリーちゃん、この文はこれで合っているでしゅか？」

ラジェから勉強を教えてほしいと強い要望があったので、今日はマルクと一緒にラジェにも文字と計算を教えている。

すでにかけ算や割り算の計算までもできるラジェにはこの国の文字を主に教えることになった。マルクは現在三桁の計算を頑張っていて、以前よりスムーズに問題を解けるようになっている。マルクには今度、九九を教えよう。

「ねぇね、のむー」

「はいはい、お水飲むの？　ゆっくりね」

ジークは最近よくおしゃべりをする。

お気に入りの言葉は『のむー』『どーじょ』それから『いやー』だ。ごくたまに『ちゅき』が出る。その日は私のラッキーデーだ。

ジークは自分の意思を以前よりもよく表すようになった。

いつも手に持っているお気に入りの猫のニギニギはすでに尻尾を失っていてボロボロだ。尻尾を修復しようと思ったが、ジークが猫のニギニギを放したくないと泣いて嫌がるのでそのままにしてある。汚れた時だけこっそりとクリーンを掛けている。

二人が勉強する間、木簡に数字を彫っていたらマルクが不思議そうに尋ねる。

「ミリーちゃんは何をしてるの？」

「数字の板を作っているの。そろそろジークにも数字に慣れてもらおうかなって思ってね。とりあえず、数字の三まで作ってる」

本当は、木工師に積み木で数字を作ってもらいたかったけど……工房はとても忙しそうだったので別の機会にお願いしようと思う。ビリー君はきっと手が空いているだろうが、今は木簡で作った数字で我慢しよう。

夕食の時間になり、ガレルさんが大量の食事を運んでくる。凄い力持ちだな。

「食事、持ってきた。ミリー嬢ちゃん、ラジェ、文字ありがとう」

頭の上にあったパンの籠をテーブルに置くガレルさんに尋ねる。

「今日の夕食はなんですか？」

「コロッケだ」

「……わーい」

最近、食堂の夕食にやってくる謎のコロッケモンスターのせいでジョーはコロッケの作り置きをたくさんしている。

今日の夕食はその作り過ぎて余った分だろうね。コロッケは好きだから文句はないけどね。小さな丸いコロッケを見ながらジークが指を差す。

「ボーロ」

「ジーク、これはボーロじゃないよ。ジーク用のコロッケだよ。食べやすいように少し潰すから、おててクリーンしようね」

ジークが顔まわりにコロッケを付けながら美味しそうに食事をする。

最近はすっかり離乳食ではなく、みんなが食べている物と同じのを欲しがるようになった。ジーク用のコロッケは油で揚げず、小さく丸めた物をフライパンで焼いている。

夕食後にジークの寝支度をしてベッドで眠るまで添い寝をする。

猫のニギニギも一緒だが……涎《よだれ》とコロッケの残骸でベトベトだ。クリーンっと。綺麗になった猫のニギニギの尻尾を縫い直そうとそっとジークから取ろうとするが、物凄い力で握っている。

これ以上引っ張れば、せっかく寝たのに起きて泣き出してしまうかもしれない。猫のニギニギの尻尾は次回かな。そっと部屋を出る。おやすみ、ジーク。

リビングに戻るとラジェが一人でお茶を飲んでいた。

「あれ？　マルクは？」

「マルク、身体洗うでしゅ」

「そうなんだ」

最近マルクは羞恥心が芽生えたのか、私を含め女性の前で裸になるのを躊躇している。マルクはもうすぐ六歳だもんね。考えてみれば、六歳で三桁の計算ができるって……マルクもラジェも天才なんじゃない？　私は前世で六歳だった時はどうだったかな？　鼻水垂らして野草コレクションに邁進してたくらいしか思い出せない。くっ。

ラジェがマルクのいる部屋を確認しながら小声で言う。

「ミリーちゃん、お話あるでしゅ」

「……お話」

「大丈夫でしゅ。白魔法のことも秘密でしゅ」

「……ありがとう」

ラジェはそれから、自分の生い立ちやこの国に来ざるを得なかった事情を語った。

(ガレルさんはお父さんじゃなくて伯父さんだったのか……)

確かに雰囲気は似ているが、ラジェの瞳の色は宝石のようなエメラルド色だ。

ラジェが言うには会ったことのない父親似らしい。

しかし、ラジェの話は重い。子供はもっと自由に楽しく生きるべきだ。聞きたかった耳の話も聞けた。事故で負った怪我が原因なら私の白魔法で治るよね？

怪我や病気ならヒールで治してきたけれど、障害が出てしまった部分の治療は初めてだ。

聞く感じ、事故で鼓膜が破けて菌が入ったような症例みたいだけど……鼓膜が正常に治らなかったのか？　中で耳の骨が折れたのか？　完全に聞こえないわけではないので、魔力の消費は少なく済むかもしれない。

ラジェの耳に手を当てるとヒールをするのを止められる。

「ダメでしゅ」

頬を染めたラジェが上目遣いでこちらを見上げる。

やめて、私が悪いことをしてるみたいじゃない。

「ラジェの耳を治したいんだけど……どうしてダメなの？」

「僕の耳が急に治ったら、怪しまれるでしゅ。ミリーちゃん、隠し事、見つかるでしゅ」

確かにそうだけど……だからってこのまま治さないのは、どうなんだろう？

「やっぱり治さずそのままにはできないよ」

「それでもダメでしゅ。ガレルとお金を貯めて教会に行くでしゅ」

ラジェは意外と頑固だな。まぁ、治したら確実にガレルさんにはバレるだろうね。

教会に行くって言うけど、障害が出ている部分の治療ができる白魔法使いは少ないという。きっとお金も相当掛かるだろうし、耳が聞こえにくいままでは言葉を覚えるのも大変だろう。

治すことは私の中で決定事項なんだよね。

「じゃあ、ラジェが聞こえないフリを頑張るしかないね」

「え？」

「ラジェの耳は治すよ。その後でラジェが隠したいなら聞こえないフリをすればいいよ。ガレルさんにバレたとしても、ラジェの耳が治ることより重要じゃないよ」

「でも、それじゃ……」

ラジェが躊躇しながらモゴモゴと何かを呟く。

仕方ない。床をクリーンしてゴロリと床に転がり足を上下にばたつかせ、大げさに癇癪を起こす演技をする。

「ラジェが〜ひど〜い。ミリーは治したいだけなのに〜」

「ミ、ミリーちゃん、下着が見えてるでしゅ。分かったでしゅから、やめて」

真っ赤になってアワアワするラジェから言質をいただいたので、スッと立ち上がり自分にクリーンを掛ける。

ギルド長の爺さんがズルいと言った床這いずり癇癪戦法を使わせてもらった。

ラジェは今だに顔が火照っている。次回からこれをスカートでこれをやるのはやめよう。

「ラジェ、分かってくれて嬉しいよ。じゃあ、治すね」

「あい」

ラジェの耳に再び手を添える。

正直、ヒールの原理は魔力を通すと怪我や病気の部分が分かる以外は謎のままだ。

病気などは完全に治せるかどうか不確かだが、欠損部分であれば、それをもう一度生やせば良いわけだ。

集中すれば、ラジェの耳の中の数か所に魔力が集まり吸収される。細かい場所がたくさんだ。耳ってこんな小さな部分があるんだね。魔力を集中させる場所を定め唱える。

「ヒール」

フワッと白い光にラジェの耳が包まれると、濃い閃光が放たれる。

わわわ。凄い魔力が吸われていく。こんなに吸われたのは初めてかもしれない。

うーん、ちょっと一気に魔力が減って気持ち悪いかも。時間も長い……これ、いつまで吸うんだろう？

一分ほどして光が収まっていく。

お、終わったのかな？　ヒールの光が消えると、感じていた気持ち悪さも治った。

結構魔力を吸われたな。枯渇とはいわないが、感覚的には四分の一ほどの魔力が吸われたと思う。

急に魔力が減るとあんなに気持ち悪くなるんだね。枯渇気絶の時は徐々に魔力を減らしたから気持ちが悪くなることはなかったけど。顔を上げラジェに尋ねる。

「ラジェ？　聞こえる？」

「聞こえましゅ……まっしゅ——ます」

放心状態で目線を壁の一点に集中していたラジェに何度か話しかけるが反応がない。

まさか失敗した？　焦りながらラジェの目の前をカニのように小躍りしながら呼びかける。

「ラジェ、大丈夫？」

「大丈夫で……す。ミリーちゃんは声も綺麗。声、今まで、ちゃんと聞こえなかった」

ラジェの瞳から大粒の涙が一つポロッと落ち、そのあとにポロポロと緑の瞳から涙が溢れた。

ヒールの治療は成功していたようだ。

「そっか。ちゃんと治って良かったよ」

「ミリーちゃん、僕の女神」

へ？　今、女神って言ったの？

自分で言うのはなんだけど、美少女だとは思うよ。

でもさすがに女神は言い過ぎでしょ。

ラジェやめて、そんなキラキラした目で私を見ないで！

気まずい雰囲気を壊す救世主マルクが風呂から戻ってきた。マルク！　とても良いタイミングだ。

マルクがラジェの涙に驚きながら駆け寄る。

「ラジェ、どうしたの？　泣いているの？」

「泣いてないで――しゅ」

「マルク、ラジェは目にゴミが入ったみたい。もうゴミは取れたから心配ないよ」

「そうなんだ。僕は、もう少し勉強してから寝るね」

ラジェは泣いていたと思われたくないようで急いで袖で涙を拭く。

ラジェも恥ずかしいから一人になりたいようだし、今日はもう勉強は終わりにして寝ることにする。

「私は寝支度をして寝るね。ラジェもでしょ？」

「うん」

「それじゃ、ラジェ、マルク、おやすみね」

おやすみと声を重ね、手を振る二人をリビングルームに残し自分の部屋に入る。

今日も魔法で遊びながら魔力を削ぐ予定だけど、いつもより魔力が少ないので浄化連発はいらないだろう。今日のテーマは決まっている。

「自由の女神だ！」

ラジェに女神って言われて、ずっと自由の女神のことを考えていたんだよね。

早速、土魔法で自由の女神像を作り始める。思ったよりも時間が掛かったけど、自由の女神が完成する。

「これ、完成度高いんじゃない？」

自由の女神像の手には松明《たいまつ》と独立宣言書、足には壊れた鎖と足枷を付ける。

昔、レプリカを写生したことがあったからよく覚えていたのはラッキーだった。

歴史にはさほど興味なかったが、実物の女神像はフランスからの贈り物で当時は灯台にもなっていたらしい。アメリカンドリームを目指して船で移民してきた人たちは、自由の女神像を見てどう思ったのだろうか？　やはり希望を抱いたのだろうか？

ラジェもこの国に移民してきたのだ。彼が希望を込めて私を女神と呼んだのなら、ラジェのちっこい女神にくらいならなっても良いかな。

砂魔法で自由の女神の足元を砂浜にしていたらドアの下から風が吹き、砂が少し舞う。

大人たちが帰ってきたようだ。ドアの隙間から仕事を終えたガレルさんとネイトがソファでいつのまにか眠っていたラジェとマルクを回収して行くのが見えた。

ジョーとマリッサも帰ってきたようだ。部屋のドアから顔を覗かせ二人に挨拶する。

「おかえり！」

「おう、ミリー、まだ起きていたか」

ジョーが椅子に座り靴を脱ぎながら言う。

ジークの寝顔をドア越しに確認したマリッサが私の部屋に向かってきたので、自由の女神が見つからないように急いで部屋を出てドアを閉める。

「ミリー、猫のニギニギも掃除してくれたのね。中の詰め物も外に出てきたし、尻尾を付けたいのだけれどね」

「猫のニギニギをもう一匹作って交換するとか？」

「もうそれは試したわ。あの猫のニギニギじゃないとダメみたい」

「ジークは俺に似て宝物には執着してるんだな」

「もう！　ジョーたらっ」

ジョーがマリッサを引き寄せイチャイチャし始めたので、部屋に戻りそっとドアを閉めようとしたらジョーがドアノブを握る。

開けられそうになったドアの下に土魔法で急いでストッパーを付ける。

「待て待てミリー。ん？　なんで開かないんだ？」

「お父さん、何か用だった？」

ドアが開かないことに訝しげな顔をしながらジョーは本題に戻った。

「今日はマージ婆さんのこと、大丈夫だったか？」

ジョーは、猫亭に飲みにきたゴードンさんから報告を受けたそうだ。お手柄だと褒められる。

「迷子の鳥を届けに行って偶然に見つけただけだよ。マージ婆さんはそれから大丈夫だったの？」

「以前より調子がいいそうだ。ただ、ベッドから無理に起き上がろうとして足を捻ったらしい。ジゼルが世話をしてるが……ジゼルはな、鳥が苦手なんだよ。足首が治るまでマージ婆さんの世話をするつもりらしいが、その間は鳥を預かってほしいと相談された」

ジゼルさんにそんな弱点があったんだ。

ああ、だから鳥が頭の上に乗っていたあの時に明後日の方向を向いていたんだ。

マイクはそんなこと言っていなかったので知らないのだろう。内緒にしておこう。じゃないとマイクのイタズラに巻き込まれそうだ。

「鳥を預かることは別にいいけど……食堂に動物はダメじゃない？」

「なんでだ？」

ジョーが首を傾げながら尋ねる。

あぁ、そうだった。この国では、そういう衛生的なことは期待できないんだった。

部屋で預かるし、あの鳥たちならそんなに大きくないから大丈夫だとは思うけど……マージ婆さんも同じ日に倒れたり怪我したりで大変だな。

「お父さんがいいなら大丈夫だよ。でも、ジークは鳥さんと遊ぶのはちょっと早いと思うよ」

「そうだな。余っている部屋で預かればいいだろう。明日、引き取ってくる」

「分かった。じゃあ、寝るね。おやすみ」

ドアを閉め、自由の女神を見上げる。せっかくだからちょっと照明をつけよう。

無数の豆電球より明るいライトをイメージしてカウントダウンを始める。

「三、二、一！　ライトアップ！」

いいね、いいね。キラキラと自由の女神の周りをライトが煌めく。

周りには馬に乗った警察官やピザを咥えたネズミを置く。

うんうん。私のイメージのニューヨークって感じだね。

魔力が余ったので、土魔法で作った小規模なタイムズスクエアで巨人ごっこをしてからベッドに倒れた。

◆

次の日、ピーピーと鳴く鳥の声で目が覚める。

ジョーは一の鐘が鳴る前にマージ婆さんの家に鳥を引き取りに行ったらしい。テーブルに置かれた籠の前で二羽の鳥に挨拶をする。

「おはよう」

『アサダ　エサノジカンダヨ』

マージ婆さんの口癖なのか？　この鳥たちはよく『エサノジカンダヨ』とマージ婆さんの声真似をする。

キャッキャと鳥を見ながら手を叩くジーク、大興奮だな。鳥をぴーと呼んで触ろうとするのをマリッサに阻止される。

「お父さんは随分朝早くから鳥を引き取りに行ったんだね」

「ジゼルたってのお願いよ。よほど、鳥が苦手なのね。餌も預かっているから朝食のあとに餌をあげましょう」

今日の朝食はビスケットアンドグレイビーだ。

さっくりふわふわのビスケットの上に肉汁とソーセージから作った、ブラウンソースのようなソーセージグレイビーを掛けた一品だ。私はスコーンよりビスケット派なのだ。

朝食を済ませ、別室に移った鳥に餌のコーンミールをあげ食堂へ向かおうとしたら、パタパタと鳥たちが籠から飛立ち私の頭の上に乗る。え？

一羽は元気に鳴き、もう一羽は頭の一か所で座り込んだのを感じる。

「あら、ミリーの頭の上を巣だと思っているのかしら？」

籠に戻そうと頭の上で元気に動く鳥を掴もうとしたが、ピィーピィー鳴きながら嘴《くちばし》で激しく抵抗される。早くしないと朝食のお手伝いの時間に遅れてしまう。困ったな。

「これ、どうしよう」

「ミリー、仕方ないわね。その鳥たちと一緒に行ってらっしゃい。あとで籠を受付に置いておくから」

仕方ない。鳥たちをクリーンして食堂へ向かう。

今日も猫亭の食堂は朝から忙しい。

お客さんは商人や冒険者も多いが、最近では朝食だけを食べに訪れる客もいる。エプロンを着けるとザックさんとウィルさんが朝食に下りてくる。

「ミリーちゃん、おはよう」

「なんだ、その鳥たちは？」

「お二人ともおはようございます。お久しぶりですね。ウィルさん、この鳥たちはご近所さんから預かっている鳥です」

頭の上にいた元気に騒いでいた鳥がフワッと離れ、席に座ったウィルさんの前に降り立つ。

ウィルさんをしばらく見つめたと思ったら、飾り羽を反り返り胸膨らませキレ良く羽を右左に動かし始めた。青いグラデーションの羽がとても綺麗だ。

ウィルさんが迷惑そうに困惑しながら尋ねる。

「なんだこれは？　この鳥は何をしている？」

「求愛のダンスですよ」

私も実際見るのは初めてだけど、これは絶対にそうだ。

「求愛のダンス……だと？」

「ぷはっ。ウィル、良かったじゃん。鳥と幼女にモテモテで」

「黙れザック」

「冗談だよ。そんな怖い顔して睨むなよ」

鳥の求愛ダンスは今だ続いている。

ほんとキレがいいな。空手の道着の音鳴りのようにバシッバシッと羽の擦れる音が食堂に響く。

周りの注目を集め始めたウィルさんがイラつきながら言う。

「ミリー、これをやめさせろ」

「そう言われましても、鳥も一生懸命なのに可哀想です」

この誇り高く舞う姿を途中で止めるのは無粋だと思う。

それに、ウィルさんがあたふたする姿をもう少し見ていたい……とは本人には言わないけど。

「ミリーちゃーん！」

他の客に呼ばれ急いで返事をする。

「はーい！　今行きまーす。ウィルさん、鳥を少し見ていてください」

「お、おい！」


その後、忙しさでウィルさんに預けた鳥の存在をすっかり忘れ、鼻歌交じりに朝食の片付けをしていたらガシッと肩を掴まれる。

「ひゃ！」

「おい！　いつまでこの鳥の面倒を俺に押しつける気だ」

「あ、ウィルさん。預けっぱなしでごめんなさい……って、随分懐かれましたね」

ウィルさんの肩には頭をスリスリする満足そうな鳥がいた。

動物って人の善し悪しが分かるっていうから、いつも不愛想なウィルさんだけど本当は凄く良い人なのかもしれない。隣にいたザックさんがその推測を強める。

「ウィルは前も動物に好かれてたよな。良かったね、モテモテで。鳥の女の子じゃなくて人間の女の子にもモテるといいのにね」

聞けば、どうやらウィルさんは馬や犬にも好かれているようだ。でも、鳥は女の子ではない。

「求愛ダンスをする鳥は、オスだと思うんですけど……」

二人が静かになり鳥に視線を移す。ザックさんが何かを言う前にウィルさんが声を上げる。

「とにかく、鳥は返すぞ」

『ピィー』

嫌がる鳥を無理やり私に押しつけ、二人は出かけていった。寂しそうに腕に乗る鳥の頭を撫でる。

『オイ！』

うわっ。この鳥、ウィルさんの声を完璧にコピーしている。

因みに私の頭の上にいた鳥は、お客さんが言うにはずっと寝ていたらしい。よくこんな騒がしい中で眠っていられるよね。

鳥たちを籠に戻し、ラジェと合流して宿の掃除をする。

二人でクリーンを連発して掃除の時間も短縮だ。

今日は早く作業が終わったのでネイトに何か手伝うことはないか尋ねるが、特に手伝いはいらないと言われた。厨房に行くとジョーが忙しそうに芋を渡してくる。

「ミリー、ラジェ、時間があるなら芋の皮剥きをしてくれ」

「大量の芋だね」

「ああ、芋が安くなっててな。今まで芋は冬しか収穫がなかったが、数年前から春の芋も収穫され始めたらしい。だから、この時期は前の芋を早く売り捌きたいのか安いんだよ」

今まで秋植えだった芋を春にも植え始めたってことか。食べ物が豊富になるのは何も問題はない。

「そうなんだ。こんなにたくさんの芋で何を作るの？」

「コロッケ用だな」

「……はは。剥いた皮はどうするの？」

「まぁ、捨てるしかないな」

ゴミか。この辺の家のほとんどでは、ゴミといえば生ゴミしか出ない。生ゴミは肥料になるので、各家庭から集めた生ゴミは運び屋が門の外に持っていっている。

ちなみに瓶、缶や武器などは全て買取りされ、再利用されているらしい。

紙や使えなくなった家具は集められたあと、門の外で燃やしていると聞いた。まぁ、燃やすのは環境には良くないが、それ以外は結構エコだな。

「ラジェ、ナイフの使い方は大丈夫？」

「大丈夫」

ラジェと二人で延々と芋の皮むきをする。

全てを芋と呼ぶので、この芋の種類は分からない。男爵芋に似ているけれど褐色で皮が薄い。煮崩れを起こすので、猫亭ではこの芋はオーブン料理やコロッケを主な用途にしている。

あー、ポテトスキン食べたくなってきた。皮剥きが一段落したので、ポテトスキン用に残った芋を厳選する。

傷が付いていたり青かったり、芽が出てるのは却下だね。いくつか良いのがあるね。芋を見ながらニヤニヤする私にラジェが声を掛ける。

「ミリーちゃん、何をしてる？」

「明日、芋の皮で美味しい食べ物でも作ろうかと思って」

「芋の皮、毒あるよ」

「大丈夫、ちゃんと毒がないの選んだし、あとね『浄化《クリーン》』。これで絶対大丈夫だよ」

浄化しなくても選んだ芋は大丈夫そうだけど、ラジェが不安そうにしていたので浄化する。

よし！　まずは生クリームにヨーグルトを数さじ混ぜる。

放置すれば明日にはサワークリームができる。お菓子作りをよくしているから生クリームは常備している。ヨーグルトはジョーがナーンを気に入って、最近は頻繁に購入していた。

「お父さん、この芋は明日使ってもいい？」

「何を作るんだ？」

「ポテトスキン。芋の皮のご馳走だよ」

「芋の皮か？　皮は毒のやつがあるだろ？」

ジョーが芋の皮と聞いて渋い顔をする。これは緑芋の被害者だな。

「毒がないの選んだから」

「……先に俺が食うからな」

「それでいいよ」

次の日、ランチ後に再びラジェと厨房に向かう。

「ラジェ、芋を半分に切って中だけをくり抜いて」

「こう？」

ラジェは意外とナイフの使い方が上手く、次々と芋の中身をくり抜いていった。

「お父さん、これ蒸してくれる？　しっかり蒸さなくていいから」

「あぁ、昨日の芋の皮か……」

「そんな顔しなくてもちゃんと美味しいの作るから、期待してて！」

芋の皮と中身を蒸している間にベーコンとチーズを準備する。蒸し上がった芋の皮にくり抜いた中身にベーコンとチーズを加え、塩胡椒を振る。

「ミリー、胡椒は使い過ぎるなよ」

そうだった、胡椒もなかなかのお値段だったんだ。準備ができたのでポテトスキンたちをオーブンに入れ焼き上がるのを待つ。

厨房にチーズの焼けた匂いが充満して、こんがりときつね色に焼き上がった芋たちがオーブンから出てくる。

サワークリームを掛け、ネギはないので乾燥チャイブをパラパラと撒けばポテトスキンの完成だ。

宣言通り、ジョーが初めに試食する。緑芋の被害者だし、最初は躊躇するかなと思ったけど一口でポテトスキンが消える。咀嚼だけして無言のジョーに尋ねる。

「美味しい？」

「ミリー、また酒に合う物を作りやがって！　ガレル、お前も食ってみろ」

ガレルさんもポテトスキンを一口食べて目を見開く。

「これは！　酒、飲みたくなる」

どれどれ。一口齧《かじ》りつく。

おお！　カリカリのベーコンにとろけたチーズ、ホクッとした芋を包み込むサワークリームが最高！　ビールが飲みたくなる！

ラジェも美味しそうにもぐもぐと食べているね。二つ目を食べ始めたジョーがポテトスキンを見ながらうなる。

「美味しいが、食堂では出せんな。芋の皮と知れば誰も食わないからなぁ」

「そんなの私たちだけが楽しめばいいよ。それか裏メニューにするとか？」

「裏メニューってなんだ？」

ジョーは裏メニューとかしてなかったかな？

「誰かが希望して、材料があって作れそうな時だけ作る一品だよ」

「そんなの、知らなかったら注文できないだろ？」

「うん、だから裏メニュー。知ってる人だけが注文できる」

ジョーは裏メニューの概念がいまいち分からないようで訝しげに尋ねる。

「どうやって客に裏メニューを知ってもらうんだ？」

「んー、初めは、誰かに食べてもらわないとね。でも、芋の皮だから……芋好きに出すとか？」

ジョーからボソッと『ポテトコロッケ好きなあいつ』と聞こえる。

ポテトスキンが全部コロッケモンスターに食べられてしまいそうだ。食べられるうちにもう一つ手に取りホクホクを楽しむ。

ジョーにポテトスキンに適正な芋の選び方を教えて、残りのポテトスキンを猫亭のみんなに配った。

ジョーはその後、裏メニューにハマり馴染みの客にはこっそり創作料理の小鉢を出すようになった。

しかし、ポテトスキンをとあるコロッケモンスターに紹介してしまったことは、そのあとにとても後悔することとなる。

大工との打ち合わせ

「ミリー様、お迎えに上がりました」

「ミカエルさん、おはようございます」

今日は、大工のリーさんと菓子屋開店予定の店舗で会う日だ。

ミカエルさんは以前と同じようにこっそり猫亭の裏から迎えに来てくれている。見習いの制服に着替え猫亭を出て馬車の停めてある位置まで歩く。

御者は今日もジョンだ。手を振れば小さく手を振り返してくれる。馬車に乗り込むとミカエルさんが真面目な顔で話し始める。

「先日の侵入者の件ですが、大変ご迷惑をお掛けいたしました。無事に解決いたしましたのでご報告します」

ああ、あの応接室に侵入してきた男女の話か。

「どういった事情だったのでしょうか？」

「予想はしていましたが、ペーパーダミー商会との繋がりを求めての犯行でした。男はヤーナ商会という商会の者で、女はそのヤーナ商会の遠い身内のギルド受付職員でした」

「ギルド職員なら、血の契約があったのですか？」

「はい。今回のヤーナ商会との話し合いで、女はギルドからの罰金と解雇という処置になりました。ヤーナ商会は今後三年のギルドからの取引量の二割減、それから次の五年間はヤーナ商会から商業ギルドの見習いを引き受けないという処分が下りました」

あの血の契約は直接罰を下すのではなく、契約を破った者へ処罰を与える時、相手が逃亡を図った際に拘束するものらしい。

罰の度合いは破った内容により重さが変わってくるらしい。血の契約書は大抵ギルドのような大きい団体を通して契約が結ばれるので、個人で結ぶ場合もギルドが立会人になるらしい。罪が犯罪になる場合は、騎士や衛兵への引き渡しや協力を仰ぐそうだ。

女性はミカエルさんに証拠を突きつけられるとすぐに圧力を掛けられたと白状したという。

商業ギルドを裏切ったという事実が広がれば王都で職を探すのは不可能になるらしく、まだ若い女性が完全に路頭に迷うのを避けたかったミカエルさんは、ヤーナ商会が彼女の今後の責任を持つようにという条件も加えて提示したらしい。

ヤーナ商会への罰金は金貨一枚で、すでに支払いは済んだそうだ。

金貨一枚の罰金も、ギルドからの取引の斡旋を三年の間、二割減されるのも結構痛い話だと思う。

「最初が肝心なのです。これでも譲歩したのですよ。私はヤーナ商会への処分が甘いと思っております」

ミカエルさんが不機嫌そうに言う。

今回、実害はなかったが……一人きりの部屋あの二人と鉢合わせをしていたら面倒だったとは思う。商業ギルドの決定なので文句はないが、ミカエルさんは怒らせないようにしよう。

ヤーナ商会について尋ねると、主に食材を取り扱っている中小商会だという。

「その商会がなんのために私と会おうとしたのですか？」

「商売の話ですよ。南の地域で地面の揺れる災害があったのはご存知ですか？」

「ああ、猫亭のお客さんの商人が話していました」

「その影響で南の地域の食材を扱う商会は、必要以上に値上げをするなど最近荒い商売をしているのですよ。気持ちは分かりますが、一つを許すと秩序が保たれなくなりますので」

どうやら私に無理をしても接触を試みたのは、自身の商会の立て直しのためだったようだ。食材の高騰の影響を強く受けたヤーナ商会は、彗星のように現れたペーパーダミー商会と他の商会よりいち早く協業を試みようと今回の事件を起こしたらしい。

南のラッツェ地方の地震の話は少し前に聞いたが、作物に影響はないという話だったけれど……やっぱり全く被害がないわけじゃないだろう。

だからといって、今回のように押し掛けられても困る。

「ミリー様、お店予定店舗に到着しました。リーさんはすでに到着していますね」

リーさんは、店舗のドアの前で道具を持って立っていた。遠くからだと子供の姿に見えるが、近づくとメリハリのあるボディが艶《なまめ》かしい。

「リーさん、おはようございます」

「ミ、ジェームズさん、おはようございます。本日はよろしくお願いします。早速ですが、中の案内をお願いします」

ミカエルさんからジェームズの話を聞いたのか、広まるジェームズ・セッチャーク氏……

三人で店舗の中に入る。相変わらずの全てがアイボリー一色だ。

正面には五席のカウンターと左奥には二十席あり、カウンターの奥には厨房がある。トイレは左の奥だ。リーさんが一通り全ての空間を確認する。

「聞いていた通り、アイボリー一色ですね。色は全て変更されますか？」

「厨房はそのままでも問題ありませんが、他の部分の色はいくつか変えたいと思います。アイボリーのままにする部分も汚れが目立つので塗り直しをお願いします」

「確かに、所々汚れが目立ちますね。特に床の擦れが激しいです。色は決まっていますか？　床色も変更するなら、塗り替えるよりも張り替えた方がいいかもしれないですね」

ああ、確かに塗り替えても、時間が経てば客の通り道だけどんどん剝げていくだろうな。

「張り替えるのは、おいくら掛かりますか？」

「通常なら塗り替えが小金貨一枚、張り替えるのならば、食堂部分だけでしたら小金貨四枚ですね。ただ、すでにアイボリーが剝がれている部分も目立ちますので、塗り替えの場合もその補修をしながらですと小金貨二枚になります」

長期的に考えたら張り替えたほうが安い。

カウンターのある場所は売り場にしたいのだが、この下はどうなっているのだろう？

リーさんが確認するとカウンターが直接床についているようで、水のダメージもあるという。それなら決まりだね。

「床は、食堂部分全てを張り替えでお願いします」

カウンター部分だけの張り替えもできただろうが、補正ばかりした床は周囲から色も質感も浮いて不格好になりそうだ。数年後にまた色を塗り直すのも面倒だし、お金も更に掛かりそうだ。

「ここには可能ならガラス張りの氷室を置きたいのです」

「畏まりました。現在あるカウンターは完全撤去で大丈夫でしょうか？　新しいカウンターについては私のほうで取り掛かりますが、ガラス張りの氷室については魔道具専門とご相談ください」

これについてはすでにミカエルさんに相談していたが、一応もう一度確認する。

「大丈夫ですよ。魔道具専門の部署にご紹介させていただきます」

リーさんとはその後、ドアの修理、壁の張り替え、棚の設置や外装の相談をして別れた。

リーさんは所作も綺麗で、今まで会ったややガサツな大工たちとは違う。今日もヒノキの良い匂いがした。その匂いだけで、終始頬が赤くなってしまう。

「リーさんって人気がありそうですよね？」

「えっ？　そ、そうですね」

この前から、リーさんのことになるとミカエルさんが怪しいな。

もしかして、リーさんに気があるのかな？

可愛い物が大好きなミカエルさんもあのボディの虜《とりこ》なのか？　あとで聞いてみよう。

馬車で送ってもらい、ミカエルさんと握手をして帰宅する。

あ、リーさんのことをミカエルさんに聞きそびれた。

◆

ミリアナを大工との現地打ち合わせから猫亭へ送り商業ギルドに戻ったミカエルが、エンリケに戻ったことを報告する。

「早かったな。打ち合わせは上手くいったか？」

「はい。大工はリーさんが担当されてますので、大変スムーズに事が進んでおります」

エンリケが執務机から顔を上げ頷く。

「あの婆さん、仕事だけは丁寧だからな」

「ミリー様にも満足していただけると思います」

「ククッ。そういえば、見習いの頃に婆さんの年齢を知らなかったお前が花束を持って婆さんに愛を囁いたのが懐かしいな」

ニヤニヤと笑うエンリケをミカエルが焦りながら諫《いさ》める。

「や、やめてください！　そんな昔話……それに私はリーさんに孫のようにしか見えないので無理だと振られていますから。私の若い失恋話を絶対ミリー様に教えないでください」

「ククク。心配するな。ギルド職員ならあの婆さんに一度も恋してない者のほうが少ない」

「それは……もしかして、ギルド長もですか？」

「馬鹿を言うでない。私は若い頃、あの婆さんと飲み比べをして酷い目にあったのだ。あれは女ではない」

エンリケが嫌な顔をしながら否定する。

「そうでしたか。今日はミリー様がやけにニヤニヤしておられましたので、何か勘違いをされてないと良いのですが……」

ミカエルが不安な表情で考え込んだのをエンリケが笑い飛ばす。

「あやつは妙に勘がいいからな」

◆

今日は菓子店の改装相談から思ったより早く帰ってこられたのでランチの時間にも間に合った。

今日のランチはオークカツだ。やったね！

オークカツを食べ終わり、使った食器を洗っているとジョーに声を掛けられる。

「ミリー、昼は食い終わったか？」

「うん、今、皿を洗っているところだよ」

「じゃあ、それが終わったらこれをゴードンに届けてきてくれ」

ジョーがカウンターに布が被された籠を置く。

「これは何？」

「食いもんだ。ジゼルがずっとマージ婆さんの看病をしてるからな。ゴードンは薬を作る腕は良いが、飯を作るの苦手だからな。トムとマイクが可哀想だろ？」

ああ、確かにゴードンさんが以前作った謎のポタージュは酷かった。

見掛けは普通だったので、マイクの奴に騙されて食べてしまったのだった。思い出したら口の中が酸っぱくなる。

（マイクめ。いつか仕返ししてやる）

そういえば、マージ婆さんの一件以来マイクを見かけていない。籠を持って薬屋へ向かう。

「ゴードンさん、こんにちは。ミリーです」

「おや？　ミリーちゃん、どうしたんだい？」

「これ、お父さんからです。オークカツと唐揚げと野菜です。みんなで食べてください」

「これは助かるな。ありがとう。ジョーにも礼を伝えてくれ」

ゴードンさんに籠を渡し辺りをキョロキョロと見渡す。

「マイクはいますか？」

「いるよ。いるんだがな……マイク！　いい加減に部屋から出てこい！」

ゴードンさんがマイクの部屋に向かい大声で言う。ん？　なんだろう？　マイク、部屋に閉じこもってるの？　トムもヤレヤレって顔をしてる。どうしたんだろう？　マイクの部屋の前でドアを開けようとしたが、開かない。

「マイク、出てこないの？　オークカツあるよ」

「……ぜってぇ笑わないって約束するなら、出てきてもいいぞ？」

「うんうん。笑わないから。早く出てきて」

「絶対だからな」

ドアが開きマイクが手で口元を隠しながら出てきた。

「何？　どうしたの？」

マイクが顔から手を離すと、上下両方が同時に歯抜けしたのだろう、ヘラっと笑ったマイクは凄い間抜け顔だ。

思わずプッと口から空気が漏れる。あ、笑ってしまった。

「おい！　ミリー！　笑わないって約束しただろう！」

「ごめん、ごめん。ワザとじゃないよ。つい、笑ってしまったんだよ。そんなに落ち込まなくても、子供の歯はみんな抜けるから大丈夫だよ」

拗ねるマイクにどうにか機嫌が良くなるように声を掛けると、トムがうんざりしたように言う。

「ほら言っただろ。俺だって最近奥歯が抜けたんだ。お前は気にしすぎだ」

「……分かったよ。俺、腹減った」

「オークカツと唐揚げあるから、温かいうちに食べてね」

マイクとトムが持参した食事をガツガツと無言で食べ始めた。二人はどれだけお腹空いていたんだろう。

「父さんの作る料理は食い物じゃねぇ。な、兄ちゃん」

「ならお前が作ればいいだろ、文句ばっかり言うなよ」

「兄ちゃんだって言ってたじゃん」

ここ数日二人はゴードンさんの料理を食べていたのか、オークカツを貪りながら兄弟喧嘩を始める。

マイクはトムには口では勝てないようで、トムに頭を撫でられ口を尖らせている。

そのトムの腕には編み込みのブレスレットが見える。ケイトとお揃いだ。若い恋が眩しい！

二人の食事が終わると、マイクが礼だと紙に包まれた何かを渡そうとしてくる。

「ミリー、これ俺の歯。欲しいならやるぜ」

「……いらないよ」

「歯の妖精《トゥースフェアリー》が金をくれるんだぜ」

乳歯を屋根に投げたり、裏庭に埋めたりする迷信は日本にもあった。

この国では寝る前に枕元に乳歯を置けば、歯の妖精が歯を回収して小銅貨を置いていってくれるという迷信がある。

実際は親がお金を置いているのだが……マイクくらいの年齢の子供は、歯の妖精の存在を信じている。マイクはガサツだけど純粋な少年なのだ。

「マイクの歯だから、歯の妖精もマイクの枕元じゃないときっと来ないよ。私は、自分の歯が抜けた時に枕元に置くから大丈夫だよ」

「そうか？」

ニカッと笑うマイクの歯のない口を見て、またプッと笑ってしまう。

そんなことを言っていた数日後、下の前歯がグラグラし始めそのうちポロッとあっさり抜けた。痛くなくて良かった。歯がない部分が気になるので早く永久歯が生えてこないかな。抜けた歯をマリッサに見せる。

「歯が抜けたのね。最近、また身長が伸びたんじゃない？　急に成長し始めたみたいで、お母さんなんだか嬉しいようで寂しいわ。今夜はちゃんと歯を枕元に置いて歯の妖精さんを待ちましょうね」

「そうだね」

笑顔で返事をする。きっとマリッサかジョーが今夜お金を置いて行ってくれるのだろう。

ワンピースの丈を補正するというマリッサに服を脱ごうとするとラジェの焦った声が聞こえた。

「待って、僕がいる——でしゅ！」

「あら、ラジェ、ごめんなさいね。そうね。ミリー、部屋で着替えてきなさい」

私は構わないけど、リンゴみたいに赤くなったラジェのためにも部屋でワンピースを着替える。

脱いだカニのワンピースは繕い物をするマリッサに渡した。

確かに身長は伸びたかもしれない。

髪も伸びて、下ろすと腰まである。ショートに切りたいが、マリッサが髪を切るのを嫌がるのだ。

そういえば、周りにいる女性や男性も多くが髪を伸ばしている。衛生面を考えると短い髪のほうがいいと思うのだけど……

寝る時間になり、ベッドへ入る。

今日はこっそり侵入する人がいるので、枯渇気絶はせずに待とうとギラギラと目を開けたまま天井を眺める。

しばらくしてウトウトし始めた頃、ギシッと床の軋みが聞こえた。やっと来たか。寝たふりをして目を薄く開き誰が来たのかを確認する。

(ん？　ジョーはこんなに身体が大きかったかな？)

薄目で見えるシルエットはやけに大きい。

あれはジョーでもマリッサでもない。もしかして泥棒か？　壁に映った影を見てギョッとする。

あれ、背中から羽が生えてるよね？　身体を動かそうとするが全く動かない。

(え？　なんで動かないの！)

シルエットが徐々にこちらに向かうと真上から私の顔を覗き込んだ。

声にならない音で叫ぶ。目の前にいたのは――

(チュチュを着た羽の生えたおっさんじゃん！)

そのハゲた頭の上に載っているのは、黄金のティアラだ。

これ、変態だ！　誰か、助けて！　そう叫び逃げようとしたが身体が全く動かない。

チュチュを着た変態は音程のズレたハミングをしながら私のベッドの周りを踊り始めた。

踊りが終わったと思ったら、今度は息を上げながら私の枕元をゴソゴソと漁り始め歯を見つけるとニヤッと笑った。

まさか、これが歯の妖精《トゥースフェアリー》なのか！

見つけた歯を大切そうにしまった歯の妖精は満足そうな顔で振り返り窓へ向かう。

帰るのか？　良かった……安心していたら歯の妖精が窓の近くで急にピタッと止まり再び戻ってくると私に顔を近づけ始める。いやだ！

（動け身体！　早くしないと変態が！）

勢いで顔からドンと床に落ちる。顔が痛い、そして朝日が眩しい。朝なの？

「なんだぁ、夢かぁ」

ただの悪夢か。久しぶりに魔力枯渇で気絶をしなかったから寝付きが悪かったのかな？

現実じゃないなら良かった。枕元の歯を確認するが、歯はなく、代わりに小銅貨が置いてあった。

眠っている間にマリッサかジョーが置いて行ったのだろう。

ホッとしながら、リビングへ向かうとテーブルではすでにマリッサとジークが朝食をとっていた。

「おはよう」

「ミリー、おはよう。あら？　頭に白い羽が付いているわよ」

「え……」

その後、歯が抜ける度に私はそれを枕元には置かず、全て裏庭に埋め土魔法を使用してガチガチに固めるようになった。

ショーケース

五の月になった。猫亭は相変わらず忙しい。ガレルさんとラジェがいなかったら宿は回らなかっただろうと思う。二人とも猫亭での生活も慣れてきたようなので良かった。

菓子店・リサの内装工事着工は来月となった。

店のオープンは八の月を目指している。考案したお菓子のレシピ登録はほぼ終わったのだが、例のカウンターの魔道具の話、それからジョーの料理人への菓子作り訓練のために今日は再び商業ギルドを訪れている。

話し合いのために今日は爺さんとは会わずに応接室に直行する。

厨房用の氷室は、必要としている大きさの中古が見つからなかったので注文をした。八の月までには完成するそうだ。ほとんどミカエルさんがやってくれているんだけどね。

「ミリー様、大事なことを忘れておりました。お店の名前はいかがしましょうか？」

「それは、もう決まってます」

店をやると決断して最初に決めたのが店の名前だった。

その話をしていなかったジョーが意外そうな表情で聞く。

「もう決まってたのか？」

「うん、お店の名前は『リサ』です」

「リサか……良い名前だな。ありがとうな、ミリー」

ジョーの表情が一瞬だけ固まったがすぐに朗らかに微笑んだ。良かった。

事情を知らないミカエルさんはリサについて深くは触れずに尋ねる。

「それでは、レストラン・リサにされますか？」

「うーん。レストランはいらないかな。パティスー……お菓子屋リサや甘味屋リサなどの名前が良いかなと思います」

パティスリーと言おうとしたが、こちらでは通じなさそうなのでやめた。

「リサの貝って名前はどうだ？」

「お父さん……」

私もネーミングセンスないが、ジョーのリサの貝って店の名前はもう何屋か分かんないよ。

それから話し合って店の名前は『菓子店・リサ』に決まった。シンプルネームイズザベストだ。

「名前も無事に決まりましたので、店の看板をリーさんに発注します。看板の形にご希望はございますか？」

「ペーパーダミー商会の貝の形でお願いします」

ジョーがしつこく貝を入れたがったが看板の形だけで我慢してほしい。看板も内装の着工も決まった。残りは魔道具の話だけだ。

「本日は魔道具の専属も呼んでおります。彼はその……エードラー・フォン・スパークの弟子だったボリス・ミラーです」

ジョーをチラッと見る。特に表情は変わらない。

ジョーは父親とは仲良くないようだが、弟子なら大丈夫なのかな？

「お父さんの知っている人なの？」

「いや、知らないな」

「ミラーは弟子といっても、元は別の工房出身です。スパーク工房には四年前に二年在籍しただけですので、ジョー様とは面識がないと思われます。守秘義務もですが、ミラーは信用できる方なので大丈夫ですよ」

ミカエルさんの紹介する人なら大丈夫だと思う。ジョーも特に何も言わないし大丈夫だろう。

「分かりました」

「では、早速ご紹介しますね」

ミカエルさんがボリス・ミラーを連れてくるために退席する。ジョーは相変わらず無表情だ。

「お父さん、大丈夫なの？　会いたくないんじゃないの？」

「何を言っている。親父の関係者とまで会いたくないわけじゃない。どちらにしろ、面識のない人だ。俺はなんとも思っていないぞ」

「分かった」

ミカエルさんが四十代くらいの男性と応接室に戻ってくる。男性はおっとりした感じのタレ目に口元の艶《つや》ぼくろが印象的だ。

「初めまして、ボリス・ミラーです」

顔の印象とは違い、声は妙にダンディだ。

商業ギルドの技術者の雇用条件には魅力的でなければならないとかあるの？　リーさんといい、ボリスさんといい。

「ミリアナ・スパークです」

「ジョー・スパークだ」

ほんの少しボリスさんの眉が動く。

スパークは珍しい家名だからね。それでも、何も聞いてこないあたりはプロなのだろうか。

「ジョー様はこのあと、別のご予定が入っておりますよね」

「そうだな。料理人を待たせているだろうから急ぐとする。ミリー、またあとでな」

ジョーが応接室を退室するとボリスさんがこちらに視線を移し凝視されたので、私もジッと見てしまう。

ミカエルさんが咳払いをするとボリスさんが本題に移る。

「カウンター用の氷室をご所望とのことですが、具体的にはどのようなものをご希望ですか？」

「はい。冷蔵しないといけない菓子をお客さんにカウンターでディスプレイするためのガラス張りの氷室が必要なんですよ。氷は溶けると中が水浸しになるので、氷を使わない品を希望します」

今日のために昨晩せっせと描いた前世のショーケースの絵を数枚ボリスさんに渡す。

「これは……凄い絵ですね」

「これは、ショーケースと名付けました。形はこれに似たもので仕上げられるなら嬉しいです」

ボリスさんとミカエルさんの表情が商人の顔に変わり、渡したショーケースの絵を食い入るように見る。

ボリスさんが絵を四方から見ながら尋ねる。

「ミリアナ様、これはどこかで見たのですか？」

「いえ、これは私が考えていた商品を描いただけです。あと、可能ならこちらの絵のように複層ガラスにしていただきたいです」

二枚目の絵を指差しながらリクエストする。

「それは、何故でしょうか？」

「結露防止のためです。結露がするとカビが生えるでしょう？　カビのあるショーケースからお菓子を売るなんて恐ろしいことはできません。それに結露で商品が見えないとなれば意味がありません」

ボリスさんが食い入るように何度もイラストを確認して、ジロリとミカエルさんを睨む。幼女の発言なんか聞いてくれないのかな。

「ボリス、ご希望通り面白い商品開発を準備しましたが難しそうですか？」

ミカエルさんが挑戦的に問えば、ボリスさんが額を掻き尋ねる。

「これで結露の防止ができると言うのですか？」

「完全には防げませんよ。ある程度防止するだけです」

「……この形は可能です。ただ、それを氷室にするとなると試さないと分かりません。この複層ガラスもとても気になります。実験と改良を重ねないと。うむ、層の厚さや距離、それに――」

ボリスさんがブツブツと独り言と共に自分の世界に入ってしまう。

今、私とミカエルさんは完全に空気になっているな。ミカエルさんが机をトントンと人差し指で叩きボリスさんの注意を引く。

「ボリス、深く考えるのはあとにしてください」

「うむ、申し訳ない。一つ懸念があるとすれば、氷の魔石は高価です。魔石代だけで金貨四、五枚掛かると思います」

ぐはっ。魔石、高すぎる。

魔石は魔物の体内から得るか鉱山で発掘するかの二通りだそうだ。

氷の魔石は特定の北部にある鉱山から発掘される場合が多く、その鉱山はなんたら侯爵がほぼ独占しているらしい。他と比べて氷の魔石は特に高価だそうだ。

道理で誰も氷室の魔道具を作ろうとしないんだ。王都ではいらないだろうクーラーは作っているようだけど……

「氷の魔石は他と比べ何故高価なのですか？」

「独占されているというのもありますが、氷の魔法の使い手が少ないのです。魔石は定期的にそれに合った属性の魔力を込めないといけません。金貨四、五枚の氷の魔石でしたら、数年は使用可能です」

魔力を込めてその値段か、それならコストカットできそう。魔力ならたんまりある。

「属性の魔力が込められていない魔石の価格はどれほどなのですか？」

「氷の魔石でしたら、小金貨五枚ほどだと思いますが魔力の込められていない魔石は魔道具には使えませんよ。装飾品として需要はありますが……」

へぇ。ニヤニヤしながら踊り出しそうになるのを我慢する。

「分かりました。ボリスさん、ショーケースの話は進めてください。よろしくお願いします」

「畏まりました。それでは、私はすぐに作業に取り掛かりたいと思います。ミリー様、お会いできて良かったです。それでは失礼します」

「魔道具を楽しみにしております」

ボリスさんと握手をしながらニヤッと笑った私に、ミカエルさんは不思議そうな顔をした。

そのままミカエルさんがボリスさんを部屋のドアまで案内する。ボリスさんの表情は特に読めないけど、去り際の流し目がエロい。

魔石に魔力を込める作業は、氷の魔法が使えるので問題ない。

氷魔法の使い手が少ないのは、氷魔法は水魔法の上位魔法だからだ。以前見た魔術書をまた最近こっそり盗み見したのだが、氷属性は水属性からの進化だそうだ。

一応、水属性との二属性魔法使いということらしい。なので氷魔法の使い手は極端に少ない。

特定の地域で特別一種の属性が多かったりもする。

ラジェのように砂の国には砂属性を持つ者が出やすいし、北国の極寒地域には氷魔法の使い手が他と比べて多いと書いてあった。その辺の情報は細かく読んでいなかったので、魔術書を読み直しておいて良かった。

「ボリスさんは真面目な方のようですね。ご紹介ありがとうございます」

「いえいえ。それで先ほどの魔石の話をした時、何をニヤニヤされていたのでしょうか？　それに金貨四、五枚は予算を大幅に上回った額になりますが、私としては反対します」

先ほど、ボリスさんの前だから何も言わなかったミカエルさんが難しい顔で言う。

まぁ、そりゃそうだよね。私だって金貨五枚なんて反対だ。

「ミカエルさんは、商業ギルドとの守秘義務の血の契約を交わしているんですよね？　その強制力ってどこまででしょうか？」

「取引相手の情報は全て他言しないことになっております。それは、私も技術者も同じでございます」

「それでも、中には重大な情報が漏れる場合がありますよね？」

人は完璧じゃない。

内緒だよって契約で縛っても、ポロッと喋る。それに情報とは売れる物だ。誰だって弱みがある。契約があろうが、そこを突けば情報なんかすぐに手に入る。

ついこの前も私の居場所の情報が漏れたのだ。そう思うと、結局はどんなに契約で縛っても自分で相手を見極める必要がある。今は代わりにミカエルさんがその任を担っているけど……

「……そうですね。技術者やギルド職員から重大な情報が漏れた事件があった過去は否定できません」

「それは、どう処理されたのですか？」

「箝口令《かんこうれい》が敷かれております故、詳しくはお答えできませんが、良い結果ではございませんよ」

「そうですか。それでは、ボリスさんは何を目撃しても他言はしないと思ってもいいですか？」

「ボリスの場合、情報漏洩の罰は生死に関わる問題です。それに関しては私も同じですが……」

え？　何それ？　怖いんだけど……以前部屋に侵入してきた女性の時は罰する効果は付いていないっていったのに、あの契約書ってそんな効力も付けられるの？

「契約書に殺されるんですか？」

「え？　いえ、違いますよ。ボリスは魔道具製作が生き甲斐ですから、契約違反したら二度と魔道具が作れなくなります。彼にとってそれは何よりも死の宣告ですから。私も商業ギルドを解雇されると死活問題です」

なんだ、そういう意味ね。びっくりした。あの契約書の謎の空間に吸い込まれるのかと思ったよ。

「分かりました。それでは、私とミカエルさんとの間での個人的な契約は可能ですか？」

「私とミリー様の個人契約ですか？　何故かお聞きしても？」

「ミカエルさんは私に関して、ギルド長にある程度の報告をされていますよね？　今は私とギルドの契約しかありませんよね？」

「確かにそうですね」

ギルドの爺さんに全て筒抜け状態なこの現状、実はこれが一番気になっていたんだよね。

別に信用してないわけではないけど、私の魔力や属性まで『無料』でさらけ出すのはまた別の話だ。マリッサの祖父だからといってなんでもオープンにする予定はない。

「秘密は人数が少ないほど安心できますよね？」

「ミリー様は私と個別に守秘義務の契約を交わしたいということでしょうか？」

そうだ。ミカエルさんと守秘義務の血の契約を結びたいのだ。

特に爺さんには白魔法もだけど、氷魔法も使えると知られるのが面倒なのだ。そのうち、魔法や魔力は隠しきれなくなるだろうとは理解している。でも可能な限り隠す予定でいる。

「そうです。可能ですか？」

「可能ではありますが、内容により断らせていただくかもしれません。それから個人契約の場合は商業ギルドを介します。ギルド長に開示はできませんのでご安心を」

内容はシンプルだ。私の魔法関係や魔石について全てにおいて他言しない。その一点だけだ。

「契約は、私の——月光さん、いますよね？」

危ない。月光さんがいるのを忘れていた。

商業ギルドにいる時には月光さんが護衛に付くと爺さんが言っていた。

月光さんは爺さんの……爺さんのなんだ？　従者？　分からないけど爺さんには忠実な人だ。天井で魔力が膨らむと仮面を被った黒ずくめの月光さんが目の前に現れる。

ああ！　また登場の瞬間を見逃したよ。

「お呼びですか？」

「申し訳ないのですが、この話は私とミカエルさんの間だけでしたいのです」

「畏まりました」

そう言うと、月光さんはスッと消えていった。

(本当にどこかに行ってくれているのかな?)

爺さんの従者がそんなあっさりと引くかな?

念には念を入れ、自分とミカエルさんをドーム状の分厚い水の壁で囲む。

風魔法や闇魔法でも音はブロックできるけど、爺さんが知っている水魔法属性を使う。

これなら月光さんに盗み見られていてもあまり問題はないし、私とミカエルさんの声は外には聞こえないはずだ。

ドーム状の壁にはさすがのミカエルさんも驚きの表情を隠しきれていないようだ。

魔力の多さについては以前の暴走で知っているはずなのだが、目の当たりにするのは初めてなのだろう。

「これで、二人きりでお話ができますね」

「こ、これは、凄いですね。それで、契約の条件はなんでしょうか?」

ミカエルさんが顔を強張らせながら尋ねる。

「そんなに、警戒しないでください。私とした魔法や魔石の話を他言しないことです」

「それは、ギルド長にも口外しないという条件ですよね?」

「特にギルド長にはですね」

「分かりました。問題はございません」

すぐにミカエルさんから承諾の返事を貰う。

意外とあっさり受け入れたな。もっと何か交渉をしてくるかと思ったけど……

ミカエルさんは、先ほどの条件を記した血の契約書をその場で作成した。

とても嫌だったが針ブスをして双方、血の契約書にサインをして契約の成立だ。満足しながら契約書がブラックホールに吸い込まれていくのを見る。

「ありがとうございます。これで安心して話が進められます」

契約も無事に終結したので早く本題に戻ろう。

水魔法での魔力の消費は多くはないが、無限に出し続けられるものでもない。ミカエルさんに早速、装飾品の魔石を購入するように頼む。

「装飾品の魔石をですか？　しかし、氷の魔力はいかがされますか？」

「それは問題ありません、ほら——」

ミカエルさんの目の前に氷魔法で象《かたど》った大工のリーさんの氷像を出す。

唇に人差し指を当ててシーっとしているポーズのリーさんの氷像をミカエルさんは気に入ってくれるだろうか？

豆電球でキラキラ効果を入れてみたけど……あれ？　ミカエルさんが無言になった。

足りなかったかな？　じゃあ、もう一体作ろう。もう一体のリーさんの氷像はこうふわっとスカートを浮かせて前屈みにして、あ、ちょっと胸盛り過ぎたかな。

「分かりましたから！　やめてください！」

ミカエルさんが目を隠しながら叫ぶ。

両方の氷像は共にいい出来栄えだったけど、ミカエルさんに消してくださいと怒られたので渋々氷像を二体共消す。

「ご覧の通り、氷の魔力に関しては問題ないです。これで金貨四枚ほど得しましたね」

「ギルド長がミリー様は爆弾だと言っていた意味が分かりました。このことをジョー様たちは知っておられるのでしょうか？」

「どうでしょうね？　私からは言っていないので、知らないと思いますよ。ただ、違和感は抱いているのではないかと思いますよ」

「そうですか。分かりました。氷の魔石の件はお任せください」

ミカエルさんが疲れたようにため息をつきながら言う。

重要な話も終わったので、周りに作っていた水の壁を解除する。

ミカエルさんはこれから早速魔石の調達に行くそうだ。

ジョーはまだ料理人の訓練中なのでお子様の私はまた爺さんの執務室に連れて行かれる。ミカエルさんと別れ爺さんに挨拶をする。

「お菓子を食べに来ました～」

「お主、だんだんと遠慮がなくなってきておらんか？　私は、今日は忙しい。菓子は準備するので大人しく座っておけ」

爺さんにシッシッと手で払われたので、準備された今日のクッキーを食べながら爺さんを眺める。相変わらず、執務机の上は書類の山だ。

爺さんから何度か深いため息が聞こえる。眉間の皺も酷い。

「どうしたんですか？」

「なんじゃ？」

「ずっとため息が出てますよ」

「そうであったか。頭の痛い問題があるだけだ。これじゃ」

爺さんから投げられた麻袋の中には、乾燥した小粒のとうもろこしの種が入っていた。これがどうしたのだろうか？

「とうもろこしの種？」

「頭痛の種だ」

爺さん上手いこと言うじゃん。小さく笑うと爺さんにジロリと睨まれる。

「これがどうしたんですか？」

「それは、王都から数日掛かる場所にあるとある村で作られている物だが、今後、それをどうするかで悩んでおるのだ」

爺さんがボソボソと愚痴を言うように漏らす話に耳を傾ける。

問題の村は、昔は芋畑だけだったそうだが、とある外国の商人から家畜の餌だけではなく、飢饉《ききん》にも役立ち摘果《てきか》もほとんどしなくていいという作物を売り込まれた。

そんなセールストークに乗って事前確認もせずに購入したのが、この手元にある小粒のとうもろこし。

早速大々的に植え始め、収穫までは問題なかったらしいのだが、肝心の実の方は大問題だった。

食べてみたところ、収穫したこの品種はまったく甘みがない。

乾燥させたものも小粒で種皮が固く、当然売り物にはならない。

それに家畜の餌やコーンミールにしたところで南の地域よりもコストを抑えられないので、採算が取れないという。

村の村長から騙されたと商業ギルドに相談が持ち込まれたらしい。

これで一儲けができると目論《もくろ》んだのだろうか。爺さんが言うには村人の暮らしを少しでも豊かにしたかったと村長は肩を落としていたそうだ。

「まぁ、あやつはそれで自分の懐も潤うと皮算用していたのじゃろう」

「村人はとんだとばっちりですね」

詳細をきちんと把握せずに、村の命綱ともいえる芋畑を欲からとうもろこし畑に変えた村長の責任はあると思う。

もっと慎重に行動すべきだったんじゃないかなぁ。

爺さんも同じ意見のようだけど、事態の把握に遅れた商業ギルトにも非があると頭を悩ませているようだ。

袋から一粒とうもろこしを出して観察してみる。涙型のこの形、もしかして爆裂種《ばくれつしゅ》？

それならポップコーンができる。

ああ、ポップコーンが食べたくなってきた。バターもいいが塩やキャラメルも美味しいんだよね。とうもろこしはこの国では主に家畜の餌として使われている。黄色い宝石の可能性を全く理解していない。

（ああ！　バター醤油味も美味しいよね）

今のところ、ここには魚醤しかないけど……。前世のポップコーンの歴史は意外と古い。覚えていたポップコーンの袋の裏に書いてあった小話によると、五千年以上前からポップコーンは存在しているらしい。きっとその商人からも用途の説明はあったと思いたいのだけど。

「その外国の商人が言ったことはあながち嘘とは言い切れませんよ」

「なに？」

前世のお菓子袋の情報では、ポップコーンは実際にアメリカ開拓民の飢餓を救った歴史があるらしい。

その上、資金調達にも貢献していて、世界恐慌の時、困窮した農家は映画館のポップコーン用にとうもろこしを卸《おろ》したおかげでいくらか救われたらしい。

そんな経緯もあって、ポップコーンは今でもアメリカの映画館の定番だ。

逆にこの国のように長年、とうもろこしは家畜の餌だと思われていたヨーロッパではポップコーンは定着しなかったと聞く。

日本にはアメリカの影響でかなり前からポップコーンが入ってきていたようだが……初めてポッ

プコーンを食べた日本人は驚いただろうな。

この国の人々は、とうもろこしを家畜の餌と認識しているけど姿が変わればどうだろう？

ジョーによると、始めこそはポレンタフライを拒絶していた客も多かったが、今は徐々に人気が出てきているらしい。

「調理をすれば、これはお菓子にもなるんですよ」

「お主のオーツクッキーのようにか？」

「違います。調理場を貸していただければ、お見せしますよ。あ、私は火を使うのはまだ禁止なので、ギルド長が調理してくださいね」

「う、うむ。分かった」

るんるんと適当に歌を口ずさみながら、爺さんと商業ギルドの調理場へと向かう。

「なんじゃい、その歌は」

「料理のやる気が出る歌です。調理場に着きましたので早く始めましょう」

「こら、押すな！」

調理を始めると意外と爺さんの手際がいい。といっても、鍋にバターととうもろこしの種を入れて火をつけるだけだけどね。

「中火でお願いします。火力が強すぎると、種が焦げてしまいます」

「種はこれくらいしか入れんのか？　少なくないか？」

「大丈夫ですよ。その量で鍋がいっぱいになりますから」

訝しげにこちらを見る爺さんは無視して、ポップコーンが弾けるのを待つ。

ポン
ポポン
ポポポポポン
おおお！　このポンポン音。

素晴らしい食欲のハーモニーが調理場に奏でられている隣で爺さんの大声も響く。

「なんだこれは！　何が起きている？」

「詳しい説明はできませんが、熱を加えると圧力に耐えきれず中身が爆発するんですよ」

爺さんがこちらを睨みながら急に鍋の蓋を開ける。あ、そんなことをしたら――

「熱っ。なんじゃい、顔に飛んできたぞ」

「まだ終わってないのに蓋を開けるからですよ。もう少し待ってください」

椅子に登って爺さんの髪に付いたポップコーンを取る。

それから少ししてポンポン音がしなくなったので爺さんに火を止めてもらう。恐る恐る鍋の蓋を開ける爺さんの顔が七変化するのが面白い。

「なに？　あの量で鍋がいっぱいになったのか？」

爺さんが何故だ何故だと騒いでいる横で、ポップコーンに塩を少し掛けてつまみ食いをする。

香ばしい。口の中が一瞬にしてポップコーンとバターの香りでいっぱいになる。

お菓子は甘いだけじゃないんですよ！　今だにナゼダナゼダモンスターしている爺さんに声を掛

ける。

「ギルド長、早く食べないと全部食べますよ」

爺さんにポップコーンを入れたボウルを差し出すと一つだけ摘まんで口に入れる。

「ほう、これは香ばしくて美味しいな。甘くないのがまた良い」

ポップコーンのほとんどがバタフライ型だけど中にはマッシュルーム型も混じっている。

元の世界は、品種改良で丸いポップコーンのみの栽培に成功していた。昔、子供の頃にテーマパークであのポップコーンを買ってもらうのが楽しみだったなぁ。

「ミリー、ここにいたのか？　執務室にいなかったから探したぞ」

別の調理場で料理人の訓練を終えたジョーが私たちのいる調理場へ入ってくる。

「お父さんどうしたの、あちこち汚れているよ」

「ああ、これか。マカロンのキャラメルソースが少し爆発してな」

ルーカスとマカロンの練習をしている際に生クリームを投入したキャラメルソースが爆発したらしい。誰も大した怪我はしていないと聞き安心する。今日はいろんなものが爆発する日らしい。

丁度キャラメルソースがあるのならキャラメルポップコーンをやるか。

ジョーをクリーンして、ポップコーンの話をしようと振り向くと爺さんが残りのポップコーンを全て食べ切っていた。ジト目で爺さんに圧を掛ける。

「すまん。ついな」

「大丈夫です。もう一度作りましょう」

ポンポンと音を立てるポップコーンには、ジョーも興奮していた。

私もこの弾ける現象は今だに不思議だ。これを最初に発見した人は度肝を抜かれただろうな。

「音がしなくなったからできたな」

「ギルド長、半分はこちらに載せてください」

ポップコーンを二つに分け、片方にキャラメルソースを絡める。

んー。バタフライ型は絡めにくい。キャラメルのポップコーンを冷ます。さぁ、食べよう！

三人共手が止まらないほどに無心でポップコーンを食べる。

「これは危険だな」

爺さんがボソッと小声を漏らす。

ポップコーンは爺さんの好みどストライクのようだ。キャラメルも気に入っていたし、もっと作るか。

新たに作ったポップコーンはほとんど爺さんに食べられた。自分の分を別に分けていて良かった。

取り分けたボウルを爺さんから隠す。

「これは、私のですからね」

「分かっておるわい！」

むしゃむしゃと爺さんの隣でポップコーンを頬張る。

爺さん……自分の分がなくなったからってそんなに凝視しないでよ。食べたい
もっと作ればいいじゃん。

結局、ジョーが爺さんのために追加のポップコーンを作り始めたので、私は爺さんとテーブルに座ったまま新しいポップコーンが運ばれてくるのを待つことにした。

「お主、これを登録するのか？」

「……条件次第ではギルド長に譲りますよ」

「む、条件とはなんだ？」

爺さんにとって、ポップコーンの権利は喉から手が出るほど欲しいはずだ。

使えないと思っていた頭痛の種の穀物が新しい食材になったのだ。

相談が持ち込まれたのは爺さん相手だから、爆裂種《ばくれつしゅ》はまだ爺さんの手のうちにある。

ポップコーンは食べたいが、このレシピの権利は私が持っていても、一人で広めて活用するのは難しいと思う。

とうもろこしの革命は伝手《つて》がある爺さんのほうが上手にできるだろう。もちろん、無料では渡さないけど。

「本日、ミカエルさんと個人的に契約したんですよ。すでにご存知ですよね？　それについて調べたり、言及したりしないことが条件です」

「うむ……月光から聞いておる。二人で内密な話をするために水魔法で壁を作ったとな」

チッと内心舌打ちをする。

やっぱりこっそり覗いてたんだね、月光さん。水の壁でブロックしておいて良かったよ。

「それで、どうですか？」

「はぁ。分かった」

「ミカエルさんに、パワハラするのもなしですよ」

一応、釘を刺しておく。爺さんならミカエルさんに圧を掛けられる立場だしね。

「ぱわはら？　お主、また奇妙な言葉を使って……ミカエルに圧力は掛けないから安心しろ」

「それでは、交渉成立ですね」

「成立じゃ」

今回は口頭での約束だが、爺さんは成立した交渉を破ることはないだろう。そんなの商人の恥だ。

お互いを見てニヤリと笑ったところで、ジョーがポップコーンを持ってきた。オリーブオイルと塩味だ。くどくなくてシンプルな味が美味しい。さすがジョーだ。

「お主、これに名前はあるのか？」

「ポップコーンです」

「楽しい名前だな」


ポップコーンはその後、長距離の行商人を中心に売れていった。

始めは、家畜の餌としての印象から受け入れない者も多かったが、価格が安く少量で数十倍の量に膨らむことから冒険者の非常食として重宝されるようになった。

そうやって広まったあとに、ポップコーンはついに大衆のおやつとして定着した。

爆裂種《ばくれつしゅ》を作っていた村はその後、とうもろこし畑を増やし、ポップコーンの種の名産地となっ爺さんは歴史上にポップコーンの父として名を残すことになるのだが、それはまた別の話。

◆

爺さんとの雑談も終わり、ジョーと帰路につく。

今日はポップコーンでお腹がいっぱいだ。夕食はいらないかもしれない……いや、やっぱり夕食はいる。

帰り道にジョーに頭を撫でられ、爺さんたちのことを尋ねられる。

「エンリケさんやミカエルさんとは上手くやれているか？」

「迷惑は……掛けていないと思うよ」

「はは。ミリー、あまりエンリケさんたちを困らせるなよ」

「うん。ありがとう、お父さん」

ジョーは爺さんにはまだ遠慮をしている。爺さんは以前よりジョーに対してフレンドリーに話しているように感じるが……まぁ、義理の親戚なんてそんなものだろう。

猫亭に到着してジョーは夕食の準備、私は部屋に行く。

ゴロゴロしていたら夕食の時間になったので、パスタスープをジークと食べ寝支度をする。

鳥たちの部屋を覗けば、マリッサがすでに布を籠に被せていた。二匹とも、もう眠ったのか静かだ。

寝る前の日課の魔力消費の時間、使う魔法は今日も砂だ。

今日の創作お題は東京の街で暴れる二大ヒーローのポップコーンマン対マシュマロマンだ。とっても楽しそう。

(日を追うごとに脳内が子供化しているような気がする)

実際子供だから……まぁ、いいっか。

まずは東京の街を砂魔法で作る。スカイツリーと東京タワーはなかなか忠実に再現できたことに
右側の口角をニッと上げる。

次にポップコーンマンとマシュマロマンを作ったのだけど、なんか凄く不格好だ。フワフワした
何かが完成する。もう、これでいいや。

次はえーと、この辺が港区で、ここが墨田区、そしてここがお台場だ。海は水魔法で作って――

「完成!」

東京の街をライトアップする。

おお~。変ななんとかマン共がいなければ、完全に東京の夜景だね。

そうだ! 空に飛行機とスカイツリーの上には月光さん忍者を飛ばしておこう! 東京タワーの
上はバナナのお菓子を飛ばしておけばいいや。

ポップコーンマンは東京タワー周辺に、マシュマロマンはスカイツリー周辺に配置した。

ポップコーンマンの足が短いな。

これ、もう埃にしか見えなくなってきたんだけど……。このままだと東京タワーの天辺がお股に

刺さりそうだ。もっとこうモデルみたいにハイヒールでも履かせるか。

「ナニコレ」

うんうん。とっても気持ち悪い生物ができた。

一応女子だから、ポップコーンウーマンだね。このまま生足だと寒くて可哀想なので網タイツを穿かせる。

ポップコーンウーマンばかりがオシャレしていたらマシュマロマンが可愛そうなので、彼には水玉の蝶ネクタイを付けた。

お台場から眺めながら二体を対戦させる。部屋の外には音がしないよう闇魔法で遮断しているから大丈夫のはず。

でも、あまり激しく動かすと猫亭の建物が揺れそうなので、最小限の動きで頑張る。

勝負開始して数分で決着がつく。引き分けだ。

ポップコーンウーマンのヒールがマシュマロマンの腹にねじ込まれているが、マシュマロマンの拳はポップコーンウーマンの顔にめり込んでいる。

砂魔法は土魔法に比べて強度がなくサラサラだ。

強度を高めるためにはもっと水魔法を使うべきだったな。

フワッと欠伸《あくび》が出る。そろそろ眠たくなってきたので、東京の街とお別れをしてマンズの後始末をしたあとに浄化魔法を連発して気絶する。

ああ、マシュマロポップコーン食べたいなぁ……

開店前の客人

今日も元気良く目覚め、鳥たちの部屋へ向かう。

『エサノジカンダヨ』

「はいはい。コーンミールですよ」

鳥たちは今朝も元気だ。餌を食べ終えると二羽共当たり前のように私の頭の上に乗る。

今日は猫亭で働く日なんだけど……籠に戻そうとしても攻撃してくるだけなので、頭の上に乗せたまま食堂へ向かい厨房にいるジョーに挨拶をする。

「随分懐かれたな。数日後には、マージ婆さんに鳥を返す予定だぞ」

「お婆さん、足の具合が良くなったんだね」

「ああ。鳥もそろそろ主人の元に帰りたいだろうしな」

どうだろう？　私の頭の上で随分リラックスしてるようだけど。マージ婆さんがあんなに可愛がっていたのに、薄情な鳥たちだ。

『オイ！』

ビクッとする。いきなりウィルさんの声を出すのはやめてほしい。

ウィルさんとザックさんが朝食に下りてくる。

頭の上のウィルさん好き鳥がピィピィと鳴きながらソワソワし始める。

二人が早朝の時間に朝食を食べにきたってことは、今日は冒険者の仕事があるのだろう。

「ザックさん、ウィルさん、おはようございます」

「ミリーちゃん、今日も元気だね。おはよう」

「その鳥はまだここにいるのか？」

『ピィ』

鳥が頭から飛び立ち、ウィルさんの肩に乗る。

邪険な顔をしながらも、鳥を追い払わないウィルさんはやっぱり結構優しいのかもしれない。鳥も嬉しそうだし、朝食の間はそのままにしておこう。

「今日の朝食は、ハムエッグサンドです」

「美味しそうだね。じゃあ、二つお願いね」

ザックさんが注文しながらウィルさんの肩に乗った鳥を撫でるが、なんだか鳥は不服そうだ。

ブスっとした表情がちょっとウィルさんに似ている。

二人に食事を運び、マルクと一緒に朝食の客を捌く。

今日はそこまで忙しくない。朝食を終えたウィルさんに呼び止められる。

「おい。俺たちはもう行くから、鳥を返すぞ」

今日もウィルさんと離れたくなくてピィピィと鳥が暴れるが、ウィルさんに怒られると静かに私の頭の上に戻る。もう一羽は、朝食のお手伝い中はずっと私の頭の上で寝ていた。

朝食が終わればラジェと猫亭の掃除だ。

「クリーン、クリーン、そしてクリーンっと」

『クリーン』

鳥が私の声そっくりに言う。鳥の前では言葉に気をつけよう。掃除が終わり、次はケイトとお昼の準備を始める。

「本当に鳥さんたちはミリーちゃんに懐いてるね。うるさくしてるのに二羽とも寝ているよ」

ケイトが鳥の頭を人差し指で優しく撫でる。

腕にはトムとお揃いの編み込みのブレスレットが見える。こちらはトムが作ったのだろうか？ 所々解《ほつ》れている。

いい加減、頭の上の鳥が重たくなってきたので受付に置いていた籠に戻す。良かった。暴れずに入ってくれた。

今日のランチは餃子定食かマカロニグラタンだ。

餃子のタレを作っていると、表にいたケイトが客を迎える声が聞こえる。今は準備中でオープンまでまだ時間があるんだけどな。

いつもだったらジョーが対応するけど、今はトイレなのでケイトが対応していたら、すぐに取り乱しながら厨房にやってくる。

「ミ、ミリーちゃん！　どうしよう。お客さんが来たんだけど、どう見ても貴族だよ」

ん？　貴族？　貴族が安い飯屋になんて来るはずない。ウィルさんとザックさんは別枠だ。

厨房から表を覗くと、確かに上品な貴婦人と侍女っぽい人が立っていた。

あれは絶対貴族だけど、場違いにもほどがある。

いや、一応変装はしているようだけど、とにかく格好が綺麗過ぎるのと貴族オーラが全開なのだ。

侍女は不躾に食堂をジロジロと眺めながらハンカチを鼻に当てる。

そんなことしなくても猫亭は綺麗です。

この時間のジョーのトイレは長い。ガレルさんはいるけど、片言だしな。仕方ないな。笑顔を顔に貼り付けて表へ出る。

「いらっしゃいませ」

「奥様をいつまで待たせるつもりなの！」

「マリー、静かになさい」

「奥様、申し訳ございません」

貴婦人に注意されるとマリーと呼ばれた侍女が静かにこちらを睨む。

うーん。帰ってほしいなぁ。

「食堂をご利用でしょうか？　申し訳ありませんが、この時間、食堂はまだ営業しておりません」

「あなたはここで働いているの？　随分と小さな子が働いているのね」

奥様と呼ばれた貴婦人と初めて目が合う。若く見えるが四十代だろうか？

上品な顔立ちに物腰の柔らかい話し方だ。侍女のマリーも奥様と同年齢か少し年上のようだ。マリーは、ほっそりとした長身で後ろに縛った髪とつり目のせいか、キツい印象の女性だ。

「開店までお待ちになりますか？」

「こんな食堂に食べにくるはずないでしょ！　失礼な子供ね」

マリーが再びヒステリックに声を上げる。この態度にいい加減イラッとする。

「では、道を間違われましたか？　それなら、いつまでも『こんな』食堂にいらっしゃるのは良くありませんわ。どちらに行かれるのでしょうか？　『こんな』食堂の従業員ですので、ご婦人方の道案内など身の余る大役は私めにはできません。ですが、ドアまでのご案内なら快くさせていただきます」

息継ぎなしにマリーをまくし立てる。何がこんな食堂だ！　ジョーとマリッサがどれほど頑張って猫亭を維持してきたと思ってるんだ。マリーが驚きながら、反論しようとする。

「な、何を！」

「大変です。ここにいたらお召し物が汚れてしまいます。出口はあちらでございます。早く出て行かないと汚れてしまいます」

「くっ」

マリーが唇を噛みながら、拳に力を入れる。

「マリー、やめなさい。小さなレディも怒らないでね。私たちは、ここに食事をしに来たのよ。中で待たせていただいてもよろしいかしら？」

「奥様、しかし――」

「マリー、二度は言いませんよ」

「……はい、奥様」

貴婦人さん、勝手に決めているけど中で待つのはよろしくはないよ。

追い出したいけど、あれだけ罵ったのに向こうは下手に出てきている。

日頃からジョーたちには貴族と関わるなと言われているので、これ以上の揉め事を起こしても仕方ない。再び笑顔の仮面を付ける。

「もちろん、大丈夫ですよ。こちらの席でお待ちください。開店まで時間がありますが、お茶の用意をいたしましょうか？」

「いいのかしら？　それでは、お願いしますね」

二人を他の客席から目立たない奥の席に座らせ、厨房でお茶の準備をする。ジョーはまだトイレから出てきていない。いつもより長いな。マリッサはジークと昼寝中だ。

「ミリー嬢ちゃん、大丈夫？　問題？」

「ガレルさん、大丈夫ですよ。ただの早く来てしまった……お客さんです。お湯を沸かすのをお願いできますか？」

「もちろんだ」

ガレルさんが沸かしたお湯を茶葉に注ぐ、ケイトが一番綺麗な陶器のトレーを持ってくる。

「旦那さん、まだトイレなんだよね？」

「みたいだね。お父さんが来るまであの人たちは私が相手するよ。トイレ出てきたら、ケイトから伝えてくれる？　あ、それから絶対全身をクリーンしてから出てきてって伝えて」

「うん。私はここにいてもいい？」

粗相するのが怖いと厨房に残るケイトと別れ奥のテーブルに座る二人にお茶を運ぶ。このお茶は、一応うちでは高級な紅茶だ。紅茶をカップに注ぎその場を離れようとしたら、貴婦人に声を掛けられる。

「言葉使いもだけど、所作もとっても綺麗なのね。紅茶がとても美味しそうね。あなたはここでは長く働いているの？」

「お褒めいただきありがとうございます。こちらでは五歳から働いており、もうすぐ七歳になります」

「そんなに若くから？　平民の子はみんなそうなのかしら？　ねぇ、マリー」

貴婦人が驚いた表情で手を口に当てると、マリーが疑問に答える。

「奥様、若くから働く者も平民では多いです」

「そうなのね。小さいお嬢さん、あなたの名前はなんと言うのかしら？」

名前は普通、尋ねる側が先に名乗るのだが……貴族はそうではないのだろうか？　私の名前なんてどうでもいいのに、なんで尋ねるんだろう？　本当、何をしに来たのか分からないが、一応名乗る。

「ミリアナ・スパークと申します」

名乗った途端、奥様の紅茶のカップが止まった。

マリーも驚いた顔をしたあとにこちらを品定めするような目線に変わる。何？

「母さん……何をしに来たんだ」

振り返ると、ジョーが立っていた。トイレから無事出てきたんだね。えーと、それよりも、ジョーのお母さんなのこの貴婦人！

「まぁ、ジョー。お母様って呼んでくれないの？」

「……母様。ここで何をされているのですか？　親父は知っているのですか？」

ジョーが呆れたように頭を掻き尋ねるとジョーのお母さんがやや不機嫌になる。

「子供じゃないのですよ。少し出かけることに何も問題ありません」

「何も言わず来たのですね。せめて、来るなら先に知らせていただかないと、俺だって仕事があるのですよ」

ジョーがため息をつき困ったなと呟く。

「坊っちゃま。奥様を責めないでください」

「マ、マリーさんもお久しぶりですね。相変わらずお元気そうで何よりです」

ジョーが坊っちゃまと呼ばれることもだが、ここまで丁寧に話すのは珍しい。

ジョーは困ったと言う口ぶりだが、表情は穏やかだ。お母さんとは対立があったわけじゃないようだね。お父さんとだけ仲が悪いのかな？

「ジョー、あなたが元気そうで良かったわ。ずっと連絡もできなくて悲しかったわ」

「母様、絶縁とはそういうものです」

絶縁と言う言葉に眉をピクっとさせたジョーのお母さんは頬を膨らませ抗議する。

「あなたとあの人が勝手に絶縁しただけでしょう？　私は自分の息子と絶縁はしておりません」

「母様、用件はなんでしょうか？　何年も連絡一つなかったというのにいきなり訪ねてきた理由は？」

「酷いわ。母は息子に会いに来てはいけないのかしら？」

「母さん」

大げさに酷い酷いと演技をする母親にジョーが呆れながら優しく諭すと、ジョーの母親が小声で答える。

「……孫が生まれたと聞いたのです」

「調べたのですか？」

「違うわ。あの人が紳士クラブで聞いたのです」

「親父がですか？　誰に？」

「そんな話は重要ではないでしょう！」

ジョーのお母さんはジークに会いに来たのか。ジークが生まれたことを誰に聞いたのだろう？

紳士クラブなら……爺さんか？　いや、あの人は情報管理には厳しい。ウィルさんとかザックさんもお喋りするタイプじゃあないんだよね。

誰だか知らないけど、紳士クラブの酒のつまみに私たちの噂をするのはやめてほしい。

「お父さん、そろそろ準備しないと間に合わないよ」

「おお！　本当だな。母さん……様。申し訳ありませんが、俺は仕事に戻ります。食事をされないいなら、お帰りください」

「食事はします！」

「奥様……」

止めるマリーを無視してジョーのお母さんが今日のメニューを尋ねるとジョーが仕方なさそうに答える。

「今日のランチは餃子のセットかグラタンのセットだ」

「まぁ、ぎょうざなんて初めて聞くわ。わたくしはそれにします。マリーは？」

「……それでは私はグラタンをお願いします」

注文を取り厨房に戻ると、ジョーが深い深いため息をついた。

「ミリー、あそこには俺が運ぶから行かなくていい」

「私は気にしないよ。ランチは忙しいし、お父さんが厨房から出てきたら目立つよ。あと、毎回長話をするの？　ランチの時間が終わってゆっくり話したほうがいいよ」

「ああ。確かに母さんは人の都合とか考えないからな。それなら、ケイトはどうだ？　な？」

名指しされたケイトが首を左右にこれでもかと振る。

「旦那さん、無理です。お貴族様に粗相なんてしたら……」

「そうだよな。すまん」

ジョーは反対したが、ジョーのお母さんたちの配膳は私が担当すると志願して押し切った。

猫亭のランチの時間が始まり、今日もたくさんのお客さんが訪れた。食堂はケイトとマルクが頑張ってくれたので、私はジョーのお母さんの席に集中することができた。

「お待たせしました。餃子定食とマカロニグラタンです。マカロニの皿と餃子の中が熱くなっております。お気をつけてお召し上がりください」

「まぁ！　いい匂いね。そうでしょう、マリー？」

「そうですね。奥様」

餃子を見てジョーのお母さんが嬉しそうにはしゃぐ姿が微笑ましくて思わず笑顔になれば、マリーに睨まれる。

「他に必要な物はございましたでしょうか？」

「ありません。下がりなさい」

「そうですか。では、失礼します」

ツンとしながら答えるマリーがめんどくさい。こちらを完全に敵視してる。

ジョーのお母さんは良く言えば純粋な人……正直に言えば、頭がお花畑な人だ。これが平均的な貴族の女性なのだろうか？

(マリーは単に平民が気に食わないとかかな)

でも、ジョーのお母さんは元平民には見えないけど、ジョーの父親は元平民と言っていた。

うーん。私の中で貴族のイメージはファット――ん？　ああ、フィット男爵という、印象が最悪なもので、この世界の貴族というものがいまいち分からない。

ウィルさんとザックさん？　彼らは貴族っぽさを見せたことないからなぁ。テーブルから立ち去ろうとすればジョーのお母さんに止められる。

「ミリアナちゃんと言ったかしら？　ここに座って頂戴！　いろいろ聞きたいことがあるの」

「いえ、今は仕事中ですので……」

こんな微妙な席には座りたくない。やんわり断って立ち去ろうとしたが、ジョーのお母さんはどうやら断られても諦めないタイプのようだ。

「それなら座れるよう、ジョーにお願いしに行こうかしら？」

「……いえ、では、少しだけならば大丈夫です」

ジョーのお母さんはポンポンと椅子を叩き、自分の隣に座るように促す。仕方ないので隣に座ると頭をヨシヨシされる。悪い人ではないけど、距離感がおかしい。

「私もミリーちゃんと呼んでもいいかしら？」

「もちろんです」

「ミリーちゃん、ジョーは毎日どのように過ごしてるのかしら？」

朝から晩まで一生懸命働いて、家族孝行で私の理解者で、たまに変なネーミングセンスを爆発させて、アイシングクッキーの美術点はほぼゼロだけど……だけど……

「幸せに過ごしていると思います」

「そうなのね……」

「はい」

ジョーのお母さんは嬉しいのか悲しいのか分からない表情で微笑んだ。マリーは何も言わずに無表情で話が終わるのを待っていた。あ、ランチに手を付けられずにいるんだ。

「早く食べないとお食事が冷めますよ」

「まぁ。確かにそうね。私は、このぎょうざという料理が楽しみだわ」

フォークとナイフを取り、綺麗な所作で餃子を食べ始めるジョーのお母さん。

多分、この食堂を始めて以来、一番餃子を丁寧に食べているよ。平民は結構ガツガツと掻き込むように食べる者が多い。まぁ餃子は切って食べるものではないと思うから、食べ方としては一口で食べるのが正解だと思うが……

「まぁ！　とても美味しいのね。ジョーの作った料理はやっぱり美味しいわね」

「奥様、こちらのマカロニグラタンも大変美味しゅうございます」

分かってんじゃん！　そう、ジョーの料理は美味しいんだよ！

「あの……」

初めて見たマリーの笑顔をジッと見る。

「なんですか？　不躾に私を見て。これだから平民は――」

「顔にマカロニが付いております」

「え？」

顔マカロニを指摘されマリーの顔が一気に紅潮していく。

ハンカチを取り出して顔を拭きながら咳払いをして、なかったかのようにしたいみたいだけど……

「マリーさん、もう少し右です。まだチーズが付いています」

「まあ！　マリーも子供っぽいところがあるじゃない。彼女、いつもは私のことを子供っぽいって言うのよ」

「ありがとうございました」

顔を拭き終わったマリーはがミジンコ並みの声で礼を言う。

「それで、ミリーちゃんの弟の名前はなんて言うのかしら？」

「ジークです」

「良い名前ね」

「私もそう思います」

ジョーのお母さんが目を細める。きっとまだ会ったことのないジークを想像しているのだろう。

「ジークちゃんもだけど、マリッサちゃんは元気にしているかしら？　ジョーが子供の頃はよく家にも遊びに来てたのよ」

ジョーとマリッサは昔からの家族ぐるみで知り合いだったとは聞いていたけれど、幼馴染だったんだね。ジョーのお母さんが昔話を始める。

「昔、ジョーは人見知りで他の貴族子息とは折り合いも悪かったのよ。そんな時にマリッサちゃんと出会って、あれを初恋と呼ぶのよね。なんだか懐かしいわ。ねぇ、マリー」

「ええ、昨日のことのようでございます」

「そうね。ここだけの話、料理が上手になったのもマリッサちゃんのためなのよ」

「そうなんですか？」

ジョーのお母さんが言うには学生の頃に作ったマリッサの料理の見た目センスが壊滅的だったため、ジョーが欠点を補おうと料理を頑張って勉強したという。

貴族の子息ともなれば料理をすること自体が珍しく、始めはジョーのお母さんも反対したそうだ。

「でもジョーは夫のエドガーにそっくりで、とにかく頑固なのよ」

教えてもらったエピソードはなんだかジョーとマリッサらしくて心が温かくなった。

「お母さんも元気ですよ」

「マリッサちゃんに会いたいわね。会えるかしら？」

「それは、お父さんに聞いてください。私はそろそろ仕事に戻らないといけないです」

「あら？　もう？　残念だわ」

マリッサやジークとの対面の話はジョーと相談してほしい。

退席して厨房へ戻ると、ケイトがソワソワしながらついてきた。隣に座らされた私を見て心配していたようだ。

貴族の権威は凄いな。ジョーのお母さんは無害な感じなのに、ケイトはこんなに怯えている。

対照的にマルクのほうは意外と普通に業務をこなしている。ケイトとの話を聞いたジョーが料理の手を止め、尋ねる。

「ミリー、何か言われなかったか？」

「お父さんのお母さんには優しく接してもらったよ。マリーさんは……意外とお茶目な一面があったよ」

「マリーさんがお茶目？　あの人は、母さん以外には厳しいからな。親父にも堂々と怒っていたからな」

そうなんだ。別に私だけに敵意を向けてたわけじゃないんだ。

なんだかホッとした。私が養女だから、あんな感じかと思ってたけど……マリーの赤くなった顔は意外と可愛らしかったからキツい性格は損してるなと思う。

本日のランチが終了、皿洗いをマルクと終わらせる。

ジョーはお母さんと奥の席で話し込んでいる。ここから見ると穏やかに話しているように見えた。

少ししてジョーが立ち上がり、こちらへ向かってくる。

「ミリー、二人が帰るから、挨拶をしたいそうだ」

もう？　そんなに長く話してなかったのに？

ジョーのお母さんは傍からでも分かるようにシュンとしていた。マリーの表情も硬い。

「ミリーちゃん、ランチとても美味しかったわ。急に訪問してごめんなさいね」

「ちょっと驚きましたが、会えて良かったです。お父さんの料理は世界一美味しいんです！」

シュンとしていたジョーのお母さんが笑顔になり、マリーに声を掛ける。

「マリー、今日は帰りますよ」

「はい、奥様」

マリーにはまたキッと睨まれ、ミジンコボイスで料理はまぁまぁでしたと言われた。

まぁまぁって、美味しいと言いながら顔にマカロニを付けるくらいの勢いで食べてたくせに。

「マリーさん、他のところにもマカロニ付いてないと良いですね」

「ま！　坊っちゃまは、一体どのようにこの子を教育してるのかしら！　私が汚れてたとしたら、お店が汚れているからです」

「マリーさん、お帰りの際はドアにお尻がぶつからないように素早く出ていってくださいね」

マリーに『早く部屋から去れ』という意味合いで嫌味を言えば、マリーはキィィと聞こえてきそうな顔をしていた。

言い過ぎたかもしれないけれど、そんなのは知らない。猫亭が汚いなんてことは絶対にない。

ジョーが慌てて止めに入る。

「こらこらミリー、それくらいにしとけ。母様も久しぶりに会えて良かったよ」

「私もです。小さなレディにも会えて良かったわ。また近いうちに会うのを楽しみにしているわ。そうでしょう？　ジョー」

「……ああ」

ジョーのお母さんとマリーが帰り、ガランとした食堂の席にジョーが腰掛けた。

「ミリー、今日はありがとうな。母さんもマリーさんも相変わらずで安心したよ」

「二人はまた来るの？」

「ジークにも会いたいそうだ。今日は急に来たから断った。マリッサにも相談しないといけないからな」

仕事の終わったケイトが小さく手を振りながら労い言葉を掛けてくる。ランチの時の緊張した顔とは打って変わって満面の笑顔だ。

「おつかれさまー。今日は、お貴族様がいたから緊張しちゃった」

「ああ。ケイトも今日は悪かったな。ミリーの代わりに配膳させようとして」

「大丈夫ですよ！　配膳は私の仕事ですから、ただ、お貴族様だったので……」

「詫びの代わりだが、今度の休みは好きな日に取ってくれ」

ケイトは次の休みが楽しみだと急ぎ足で出かけていった。トムのところだろうか？

ジョーとお茶とお菓子を持って四階に上がり、お昼寝から起きたマリッサとジークが座っていたテーブルに腰を掛けた。

ジョーは、今日の母親の予告なし訪問をマリッサに相談する。この話し合いに私の意見はいらないと思うので、ジークにボーロをあげながら二人の会話を大人しく聞く。

「お義母さまがいらっしゃったのね。マリーさんか……懐かしいわね。子供の頃によく怒られたわよね」

「ああ。母さんは、自分は絶縁してないって言い張ってた。多分、孫の話を聞いて都合良く忘れたんだろうな」

二人は悩んだ末、ジークが祖母と会える機会を取り上げるのも良くないとの結論に至った。ただ、ジョーは頑なに父親には会う必要ないと言っていた。二人の間に何があったのだろうか？

「ねぇね。ジーク。ボー」

「最後の一個だよ」

ボーロを口に入れモグモグするジークが尊い。

ジョーのお母さんもジークに会えばメロメロになるはずだ。

だって、こんなにも愛らしいんだもん。ジークのフサフサの頭を撫でる。二人の話し合いが終わる。ジョーがまた日を改めて母親と連絡を取るそうだ。

それからジョーは一人息子だと思っていたが、年の離れた妹がいるらしい。

今まで一度もその話題があがらなかったから知らなかったけれど、ジョーの妹は王都学園に去年入学したらしい。

学園は十二歳からだから、ジョーの妹は十三歳とか？

ジョーが二十七歳だから、丁度マリッサと詩集青春してた十四歳の時に生まれた子ってことかな。

随分歳が離れているけれど、ここはみんな結婚が早い。実際ジョーのお母さんも相当若かった。

「そういえば、結局ジョーのお母さんの名前を聞いてないな」

◆

ジョーのお母さんが猫亭を訪れた二日後、マージ婆さんに鳥を返す日になった。

籠に入った鳥たちをジョーと一緒に届ける。表の扉を開けたマージ婆さんは以前よりも少しふっくらとして、元気そうだった。

「二人共、鳥たちが世話を掛けたよ。預かってくれてありがとうね」

『クリーン　クリーン　オークカッ！』

『オイ！　エサノジカンダ……ヨ！』

この数日で鳥たちは、すっかり私の声真似をするようになっていた。たまにウィルさんも出てくるけど。

覚えた言葉を披露する鳥たちに苦笑いしながらも、マージ婆さんは鳥たちを愛しそうに見ていた。

「私はもう年寄りだよ。ジゼルとも話したが……そろそろ息子夫婦の元で世話になろうと思う」

「そうか。マージさんがいなくなると、寂しくなるな」

「ジョー、引っ越しには時間が掛かる。しばらくはここにいるよ。嬢ちゃんもまた鳥たちに会いに来るといい」

「うん！」

マージ婆さんの家を出て、ジョーと手を繋ぎながら猫亭へと帰ると建物の前に誰かが立っていた。

あれはマリーか？

「昨日手紙を送ったばかりだぞ」

ジョーが呟く。どうやらジョーは母親にジークとの面会を許可する手紙を送っていたそうだ。

マリーが綺麗な封筒に入った手紙をジョーに渡す。

「ジョー様、レディスパークより招待状を届けに参りました」

ん？　マリーが今日はやけに格式張っている。

いや、こちらをちゃんと睨んではいるけど、ジョーのことも坊ちゃまと呼んでいない。

ジョーは招待状を受け取りその場で返事を書くと、マリーは一礼してすぐに帰っていった。

終始ブスっとしていたけれど、あれが通常営業の顔なのだろうか。

「表に清めのためにマカロニでも撒いておくかな」

「なんだそれは？」

「冗談だよ。食べ物の無駄使いはしないよ」

招待状は、私も含めた家族全員を一か月後にスパーク家別邸の個人お茶会へ招待するという内容だった。

ジョーの両親は別邸があるの？　ジョーってば、本当に坊っちゃんだよ。

「服を新調しないとな。ミリーもエンリケさんに貰った服は小さくなっただろ？」

「うん、もう着れないと思う」

ＴＰＯは大事だよね。私はマリッサの繕ってくれたカニのワンピースを気に入っているけど、あれはつぎはぎで調整しているのでお呼ばれした貴族の家には着ていけない。

エードラーであるスパーク家に行くのならそれなりの格好をして行かないといけない。

私の日常用の服はほぼ全てマリッサ作なので、実はきちんとした衣料品店にはまだ行ったことがない。

この辺で服屋といえば市場の屋台だが、そっちは見かけたことがある。新品は滅多にないが、日常品を売る店にも服は売ってある。

招待状が届いた次の日、早速マリッサと共に仕立て屋を訪れる。ジークは以前爺さんが送ってくれた服があるから大丈夫なので今日は家でお留守番だ。

仕立て屋は、以前訪れた文房具屋の近くにあった。

外観からは店とは分からなかったけど、よく見るとドアの前に『仕立て屋ロナ』と書いてある小さな看板があった。

ドアを開けるとカランカランとドアベルが鳴る。店内は狭いが布や小物がたくさん並べられており、新品の既製品もあった。奥から若い女性が出てくる。

「いらっしゃいませ。初めてのお客さんですね」

「はい。娘と私のエードラー家とのお茶会用の服をお願いします」

「畏まりました。それでは採寸を先に済ませましょう」

採寸のために別の部屋へ案内される。マリッサの採寸が終わり、私も採寸される。スリーサイズ？　つるぺたですよ。

店員が数種類の布やリボンを並べていく。

夏用の明るい生地が多めで、淡い色や涼しい色を勧められる。

「ミリーは何色にする？　お母さんは、このレモン色の布にしようかしら」

「私は、この青緑の生地が良いかな」

「あら。大人っぽい色を選んだのね」

「えへへ」

服は急ぎでお願いして、三週間後に取りに行く予定だ。ジョーのお母さんと会うのはそれ以降なので間に合いそうで良かった。代金は二着で銀貨六枚、それからお急ぎ料金が銅貨三枚だった。砂糖より安いけど、結構な値段だ。

店を出てマリッサと手を繋ぎ気分良く自作の謎歌を口ずさむ。

「タンタラン、オークカツ食べた〜い〜」

「ミリー、またその歌なの？」

マリッサが苦笑いする。この歌は五番まであって、全部の歌詞が何かを食べたいという私の欲求だ。

「最高傑作だからね。でも、他のでもいいよ。お花の歌にする？」

「そうね。お花の歌にしましょう」

「お花が咲いたら〜オークカツ〜」

「……ミリー」

一時間以上掛かる帰り道は、歌いながら歩くとあっという間だった。

ジークは絶賛昼寝中だったので、マリッサと二人で昼食をする。

今日のランチはミートパイとスコッチエッグだ。これは普段は夜に出すメニューだから、今日はたまたま余ってたのかな？　ミートパイは元々こちらでは定番の料理だ。スコッチエッグはハンバーグとコロッケをジョーに教えたあとに、ジョーが自分で辿り着いたレシピだ。

名前はハンバーグエッグと呼んでいる。もちろん、名付け親はジョーだ。

昼食が終わるとマリッサに午後から何をするのか尋ねられる。

「今日はラジェとマルクのお手伝いが終わったら、みんなで勉強する予定だよ」

「ちゃんと外にも遊びに行きなさいね。それから、男の子とばかりでなく女の子ともたまには遊びなさい」

女の子の友達はニナしかいない。三角関係粘土事件以来会ってないいんだよね。マルクとニナは頻繁に合っているみたいだけど……

「うーん」

「ニナちゃんと仲良くしてないの？」

「そうじゃないけど、ニナはマルクが大好きだから」

マリッサが急にはっと思い出したかのような顔をして、笑顔になる。

「ミリー、もうすぐ七歳になるでしょう？　すでに自分で読み書きできているけれど……最近、教会で字を週一回で教えてるみたいなの。そこなら、新しいお友達もできるんじゃない？」

マリッサは私が読み書きできるのは「天才なんだわ」で済ませている。

ジョーのほうはずっと疑問を持っているようだけど、猫亭のお客の商人に文字を教えてもらって勉強をしてますアピールは何度かしている。

それにしても教会か……魔力のこともあるし、可能な限り近づきたくない。

けど、マリッサは私に女の子とも遊んでほしいらしい。

どうしてそこまで同性の友達にこだわるのかと尋ねれば、マリッサは自分が幼少期の頃に同性の友達がほとんどいなくて成長してから悩んだらしい。

「お母さん、どうして女の子のお友達がいなかったの？」

「友達自体お父様に制限――ううん、私がお友達とお話しするのが苦手だったのよ」

今、制限って言い掛けたよね。マリッサの父親がどのような人物かは分からないけれど、幼少期の話は滅多にしないのでもう少しだけ質問する。

「お父さんとはお友達だったんだよね？」

「そうね。私も人と話すのが苦手だったけど、ジョーはそれ以上に人見知りだったのよ。だからお母さんから声を掛けたの」

ジョーが幼少期人見知りだったとジョーのお母さんも言っていたけど、想像できない。

「それでそれで？」

「ふふ。それだけよ。それよりラジェとマルクが来たわよ」

振り向けばドアの前にはお手伝いが終わったラジェとマルクがいた。

「むぅ。今日は遊び行くけど、二人の話をまた聞かせてね！」

「はいはい。気をつけて遊びに行くのよ」

「はーい」

元気よく返事をして、三人で遊びに出かけた。

魔石

氷の魔石が手に入ったとミカエルさんからの連絡を受けて、見習いの制服を着て商業ギルドを訪れる。

今日はジョーの都合が悪く、初めてガレルさんに商業ギルドまで送ってもらった。一人で行けると言ったけれど、ジョーは心配性だ。

でも、以前も文房具屋まで一人で行けたのだ。

東の商業ギルドは確かに遠いけど、一人でも辿り着けると思うんだよね。ガレルさんと商業ギルドの前で別れる。

「六の鐘。迎え来る」

「ガレルさん、ありがとう」

「見習い、頑張れ」

ガレルさんは私が商業ギルドに見習いの仕事のために来ていると思っている。

商業ギルドに入ると今日も賑わっている。

今日もピカピカに磨かれ黒光りしている中央にある例の巻貝のオブジェを通り過ぎ、テクテクと案内カウンターへと向かい受付のお兄さんに声を掛ける。

「こんにちは。見習いのジェームズが来たとミカエルさんにお伝えください」

「見習いですね。そこに座って待ちなさい」

受付に言われたベンチに座る。商業ギルドにはいろんな人がいる。商人、依頼人、それに冒険者の姿も見える。商業ギルドお抱えの冒険者だろうか？　忙しく人が来往《らいおう》するのをしばらく眺めていたらミカエルさんがやってきた。

「ジェームズ、よく来ましたね。私についてきなさい」

そのままいつもの応接室に案内され、ソファに座るとお茶を出された。

今日のおやつはポップコーンだ……爺さんのとうもろこし革命は早速始まったようだ。頑張れポップコーンマン。網タイツポップコーンマンに爺さんの顔が付いたものを想像し笑い出しそうになるのを耐える。

そういえば、今日は魔石の話をする予定だけど月光さんはどこかに潜んでいるのだろうか？

「月光さんには、今は護衛をさせておりません。ご安心ください」

キョロキョロしてしまったのが分かったのかミカエルさんが咳払いしながら言う。

でも屁理屈爺さんのことだ、私は約束したが月光はそんな約束してないとか屁理屈を言いそうだ。

一応、部屋全体を水魔法で囲うとミカエルさんが困惑した顔をしたので真顔で言う。

「念のためです」

「分かりました」

ミカエルさんが手元の木箱を開けると、中には二センチほどの半透明の水晶の玉が入っていた。

（あれ？　これは見覚えがある）

屋根裏部屋の掃除をしていた時に出てきた赤い玉に形が似ていた。

私が持っているロケットやアズール商会で見た魔石は整っておらずゴツゴツしている。

「綺麗な玉ですね」

「こちらが氷の魔石になります。装飾用に丸く加工されております」

屋根裏部屋で見つけた、あの赤い玉も魔石だろう。今は猫の財布に保管してあるけどあとで調べてみよう。

「それで、どのようにして魔力を込めるのでしょうか？」

「練習用に屑《くず》魔石を用意しております。こちらは水の魔石です」

テーブルに置かれた屑《くず》魔石と呼ばれたものは、ロケットの魔石より小さな水色の石だった。

魔力の込め方は、魔法を使う時に流れる魔力を魔石に向けて入るよう流すとミカエルさんに説明を受ける。凄くざっくりした説明だ。そんなに難しい作業ではないのだろうか？

「やってみます」

「魔力の流し過ぎにご注意ください。急に大量の魔力を込めると魔石が割れてしまいますし、体調を崩される方もいます。特にミリー様の魔力量を考えますと……」

水色の魔石を手に取り豆電球を出す時と同じ量の魔力を注ぐ。

すぐに魔力がそれ以上入らずに分散される感覚がしたので流していた魔力を止めるとパァっと魔石が光った。

眩しさは瞬く間に収まり、手の中の魔石は先ほどよりも鮮明な水色に変わっていた。

「ミリー様、成功ですね。それでは、次に氷の魔石もお願いします」

渡された氷の魔石にも魔力を込める。先ほどの水の魔石よりも多くの魔力を吸っているが、デカライト五個分程の魔力が限界のようだ。

魔石から手を離すと、先ほどの水の魔石よりも強い光が氷の魔石から放たれる。

あまりの眩しさに思わず目を瞑ってしまう。放たれていた光が落ち着き目を開けば、氷の魔石は半透明色のまま、先ほどよりもキラキラと輝きを放っていた。

それは、吸い込まれそうなほどに美しかった。ミカエルさんが氷の魔石を確認しながら息を呑む。

「……本当に成功しましたね。それにこの輝きは大変上質なものです。ミリー様、体調はいかがでしょうか？」

「特に問題ありません」

「本当ですか？」

「はい」

結構しつこく心配するミカエルさんに大きなリボンを着けた猫の氷像を出し、大丈夫アピールをする。

「か、可愛いですね」

「じゃあ、これも追加しますね」

蝶ネクタイを着けた猫を出せばミカエルさんの目がハートになる。

「このまま持ち帰れないのが残念です」

「溶けちゃいそうですもんね」

しばらく氷の猫たちを二人で眺め、氷像を消した。

「それでは、こちらの魔石はボリスに届けておきます。それから……この話は誰にもされないと思いますが、ミリー様の能力が露見しないようにくれぐれもお気をつけください」

「はい。そのつもりです」

魔石の件が思ったよりも早く終わってしまった。ボリスさんは現在、ショーケースの魔道具製作で仕事場に数日こもっているらしい。

ジョーが鍛えている菓子店・リサの料理長のルーカスさんだが、今日も一人でお菓子作りの練習のために商業ギルドを訪れているそうで、あとから様子を見に行くことになった。

ミカエルさんの報告によると、菓子店のキッチン担当は全員決まったとのことだった。

ルーカスさんとレイラさんを含めた五人を正規の料理人として雇ったという。販売の従業員も七の月の始めまでに決めたいとミカエルさんは続けた。

「ミカエルさんのおかげで全て順調のようで良かったです」

「現在、日程はほぼ予定通りです。内装の着工も来週からとなっています。ジョー様の指導の元、料理長のルーカスのマカロンも良い仕上がりになっております」

満面の笑みでマカロンの完成度の話を始めるミカエルさん。

本当、マカロン好きだなぁ。私も好きだからいいんだけどね！

菓子店・リサのオープンは八の月を予定している。

ただ、今のお菓子のラインナップには夏っぽい物があまりないんだよね。

ショーケースが完成したら、冷たいお菓子を増やしても良いかな。

ただ、すでに覚えることのたくさんあるルーカスさんたちに、これ以上負担を掛けるのは避けたい。状況を見てから決めるかな……

夏といえばアイスクリーム！

今後は魔石も手に入るし、手回し仕様になるだろうがアイスクリームメーカーを作るのも良いよね。

あれも結局は洗濯機に原理が似てると思うんだよね。

穴なしで小さめの洗濯槽を作って、冷却しながらグルグル回せばいけるんじゃない？　そんなに簡単な話ではない？

だけど、ショーケースができるまで追加の魔道具は保留だな。

(ああ、クリームソーダまで遠いな。せめて、コーヒーフロートには届きたいな)

「ミリー様、以上で報告は終わりです。ミリー様？」

遠い目でクリームソーダの世界に浸っていると急にミカエルさんの顔が目の前に現れた。

「クリームソーダ、じゃなくて、そうですか。ありがとうございます」

ミカエルさんからの報告も終わったので、残りのポップコーンを袋に詰めて、ギルドの調理場へ向かう。そういえば、ルーカスさんに会うのは久しぶりだな。

ギルドの調理場はいくつかの個室で分かれている。レシピ登録もだが、料理人育成のためにも使われているらしい。調理場の個室の前に到着、ミカエルさんがドアのベルを鳴らすとルーカスさんが出てくる。

「これは、ミカエルさんとミ、ジェームズ君。契約以来ですね」

「お久しぶりですね。ルーカスさん」

入った調理場は甘い香りが漂っていた。丁度アイシングクッキー用の土台が焼き上がったようだ。テーブルには色とりどりのマカロンが並べられていた。ルーカスさんは順調にレシピを覚えているようだ。

「ジェームズ君、マカロンの味見をお願いしてもいいだろうか？」

「もちろんです！」

マカロンを一口食べる。

マカロンの味は美味しいがピエがない。ピエはマカロンの下にできるはみ出したレース状の膨らみだ。

この膨らみがないと形もだが、マカロンの表面にヒビが入る可能性が高くなる。

出された分のマカロンにはヒビはないが、やや形が不格好だ。

実は私も前世でよく失敗したんだった。

コンビニスイーツや高級菓子、とにかくお菓子が好きで自分でも何度もチャレンジしてお菓子作りしていたのが遠い昔のようだ。

「ルーカスさん、ヒビ割れのマカロンが完成しませんでしたか？」

「……はい。失敗作はこちらに置いてます。何度試しても、仕上がりが悪い奴がありまして」

やはりそうか。上にヒビが入った失敗マカロンたちはボウルの中で可哀想な状態になっている。

考えられる原因はいくつかあるのだが……うーんと唸っているとルーカスさんが頭を下げる。

「すみません。俺が未熟で」

「え？　ルーカスさん、謝らないでください。問題なんてないです。始めから完璧にできるほうが怖いですから」

前世でレシピを極めたと自負している私でさえ、料理開発初期にはジョーと二人で散々失敗した。

私が提供しているお菓子のレシピは、今までこの国になかったものだ。

道具も前世のような便利な物がない中、失敗しないほうがおかしい。

マカロンが失敗する一番の原因は乾燥時間だ。時間が足りなくても、乾燥をし過ぎてもブッブーなのだ。

「生地の乾燥時間はどれくらいでしたか？」

「ジョーさんの指示通りの時間です」

そうか。一時間以下か……ジョーと初めてマカロンを作ったのは昨年の秋から冬にかけてだったので、乾燥時間が短くても生地は十分に乾いていた。

今は初夏で湿気が冬よりもある。元々、マカロンは夏の季節に作るのは向いていない。盲点だったな。

「夏の間は湿気が多く乾燥しにくいので、乾燥時間を長くしてください」

「は、はい」

もし乾燥が上手くいかなければ、マリッサみたくドライヤーのように風を送れる風魔法使いの料理人を追加してもらったほうがいいかもしれない。

「それから、メレンゲを作ってもらえますか？」

「はい、分かりました」

作ってもらうのはフレンチメレンゲだ。

イタリアンメレンゲでもできるが、あれはフレンチメレンゲの中に更に砂糖のシロップを入れるという破産コースのメレンゲなので却下だ。

マカロンを作る時、割ってから数日の卵を使ったほうがいいと言う人も多いが、それはこの世界の衛生状況上これまた却下。

幸いこちらの卵はコシが強くないので、マカロン用のメレンゲも仕上がりが良い。

ただ、ルーカスさんに一通りメレンゲを作ってもらったが、ツノの立ちが足りていない。

「ルーカスさん、ツノはしっかり立っているほうが良いですよ」

「確かにジョーさんのより元気がない」

「もう一度作ってみましょう。まずは使っているボウルが大き過ぎます。こちらの大きさを使いましょう」

クリーンを掛けた卵をルーカスさんが割ってメレンゲを作る。

砂糖の分量やメレンゲの仕方は特に気になるところはない。綺麗なツノの立ったメレンゲが仕上がる。良い仕上がりだ。

マカロンの生地作りの他の工程は特に問題はなかったので、生地を並べて乾燥させる。たぶん一時間半はいるだろう。

「乾燥には十二分《じゅうにぶん》に時間を置きましょう。その間に作りたいものがあります！　ミカエルさん時間は大丈夫ですか？」

「大丈夫ですか、私はここで一旦失礼いたします。護衛は付いておりますので、二人きりではございませんのでご安心ください。それでは、後ほどまた戻ってきます」

「分かりました。ありがとうございます」

月光さんがいるのか……私の護衛という名のパーソナルストーカーだよね。

いや、そんな風に言うのは良くない。この前のような侵入者がいたら困るのは私なんだし、ルーカスさんと二人きりで部屋にいたとジョーやマリッサに知られても言い訳できる。

「ジェームズ君、他に作りたいものとは？」

「これです！」

ボウルに入ったルーカスさんのマカロンの残骸を持ち上げ見せる。

「失敗したマカロン……ですか？」

「はい。これでフィナンシェを作りましょう！」

「フィナンシェですか？　それは一体なんでしょうか？」

「アーモンドのケーキです。パウンドケーキと似ています」

失敗したマカロンは通常破棄されているそうだ。マカロンの生地を乾燥させるのは時間も掛かるので、その間にこの失敗マカロンを美味しいお菓子に変身させてあげたい。材料もここにあるもので済みそうだ。

「じゃあ、まずはルーカスさん失敗マカロンを粉々にしてください。はい、棒です」

フィナンシェに必要な材料を集め、ルーカスさんに魔道具コンロでバターを褐色になるまで溶かしてもらう。

「ジェームズ君は、ジョーさんといつもお菓子を作っているのですか？」

「いつもではないですよ。お父さんは、お菓子作りよりも料理が好きですから」

「確かにジョーさんもそう言っていた。俺の子供たちも料理に興味を持ってほしいな」

ルーカスさんには八歳の娘と六歳の息子がいるらしい。

娘はメイド見習いをする予定だったが、例のフィット男爵のせいで見習い先がまだ見つかっていないらしい。

メイドを雇っている人を知らないのが残念——ん、待てよ。いるよね、しかも私のお願い事を聞かないといけない人が。

紹介したいけど、ペーパーダミー商会との関係性がウィルさんにバレることはまずいかな。保留だ。最近保留ばっかりだな。

フィナンシェの生地が完成したので、いくつかの使えそうな小さい長方形のバットに流し焼けばオーブンから金塊が現れる。

「一口でいけそうですね」

「私なら二つ一緒に一口でいけそうです」

「なんだか贅沢な一口です」

フィナンシェ、この菓子の意味は金持ちだ。だから、見かけも金塊のように作られている。金融マンが背広を汚さず片手で食べられることからフランスの金融街で有名になったと聞いたことがあった。実際のフィナンシェの起源は所説あるけど。

前世では一時期、菓子オタクみたいになっていたからなぁ。菓子のことなら歴史や小話までワクワクして読んでいた。

まぁ、おかげで今その菓子を再現するための知識があるのだ。前世の私に感謝だね。

（これも材料費を考えれば十分金塊並みの値段だよ）

一個いくらだ？　絶対採算合わないだろうな。店での販売は赤字直行なのでなしかな。焼き上がったフィナンシェの粗熱《あらねつ》を取るため、網の上に置く。

その後アイシングクッキーを練習していたら、マカロンの生地を確認する時間になった。

「触っても生地が手に付かず、少し固い。丁度良いですね。これ以上固くなると、パサパサして中に空洞ができたりします」

「この感覚か……分かった。焼くのは任せてくれ」

無事にピエが綺麗に付いたマカロンが焼き上がる。

誇らしげにルーカスさんがマカロンたちを見つめる。

「今までで、一番良い仕上がりです。ありがとうございます」

「こちらこそ、ありがとうございます」

お茶を入れ、できたお菓子を二人で食べる。ああ、至福。

「練習用の余ったお菓子を全て食べるのは大変ですよね。ご家族に持って帰っているのですか？」

「まさか、それは禁止されています」

「それなら全部を食べるのは大変ですよね？」

ルーカスさんがサッと目を逸らす。あれ？　なんでそんな気まずい顔をするの？

「実は……申し訳ないと思いつつ、食べきれない分は捨てています」


捨てています。

捨てています。

捨てています。

捨てています。

捨てています。


頭の中で幾度となく繰り返されるルーカスさんの言葉で思考が一瞬停止する。

いや、仕方ないことだよ。

店がオープンする前にお菓子の情報が流れるのを避けたいので持ち帰りを禁止するというミカエルさんの考えは理解している。

ルーカスさんに無理に作ったお菓子を毎日完食させるのも酷だしね。でも、あああ。頭では理解しているけど、心へのダメージが凄い。

(よし！　私が食べればいいんだ)

今日くらいは全部食べてやるという思いで、ルーカスさんの練習用の菓子を食らう。

「なっ、そんなに食べたら腹を壊しますよ」

「別腹なんで大丈夫です」

結局、戻ってきたミカエルさんに怒られて食べるのをやめる。

普段は他の従業員もいて、破棄もするけどみんなで食べているとのことだ。

残ったフィナンシェは包んでもらい、迎えに来たガレルさんと一緒に帰る。帰り道でガレルさんにクンクンと匂いを嗅がれる。

「ミリー嬢ちゃん、何か、良い匂いする」

「でしょう？　これは、ガレルさんへの今日のお礼です。フィナンシェというお菓子です。ラジェと食べてください」

「ラジェ喜ぶ。ありがとう」

ガレルさんがフィナンシェを大切にしまい目じりを下げる。

◆

商業ギルドで氷の魔石に魔力を込めてから数日が経った。

猫亭のランチのお手伝いを終え、部屋でゴロゴロする。最近常に忙しかったので、何もしないということがとても――

「暇だ」

猫の財布から魔石だと思われる丸い赤い玉を出す。

予想としては火の魔石だろうけど、火魔法か……最後に使ったのは、いつだったかな？

火に関することは子供だからとあまりさせてもらえない。

部屋で勝手に火を出すのもなんとなく避けていた。もうすぐ七歳になるのだから、そろそろ猫亭のコンロも使いたい。七歳になったらジョーに相談しよう。

料理人や鍛冶師になる火魔法使いは多いが、それ以外の職業では火魔法はハズレだと言われることが多い。

個人的にはそうは思わないけど、ニナの家のように油屋や紙屋は子供の魔力検査の前に火魔法を授からないように願掛けをするらしい。

先日の氷の魔石より少し大きな赤い魔石は、太陽に照らすとキラキラしている。

高価な宝石珊瑚みたいだ。これは多分、この建物の前々オーナーの妻ラティシャの物だったんだろう。ネックレスにすればとても綺麗だと思う。

せっかくだし、赤い魔石に魔力を込めてみる。

赤い魔石は氷の魔石よりも大きいが魔力の負担は軽かった。赤い魔石が眩しい光を放ち、やがて消えて元に戻る。やはり、魔力を込めたあとの魔石は鮮明な色だ。

魔道具でない魔石ってどうやって使うのだろう？

火魔法を使う感覚で魔石から火を出そうとするが無反応だ。

「んー、これ本当に火魔法の魔石なのかな？」

猫の財布に戻しておこう。

ついでに、赤の魔石と一緒に見つけた髪飾りの魔石にも魔力を込める。こちらは白っぽい緑色の魔石だ。水色が水なら緑は風なのかな？　この髪飾りは魔道具だと思う。

私が前に爺さんから貰ったペンダントの魔石は水色だ。

爺さんが言うには、攻撃魔法を使われた時に結界を出すって話だった。使用する機会が今までなかったのでその威力はよく分からない。

ラティシャさんの髪飾りと爺さんのペンダントがどのような魔道具なのか検証する。

まずは首に掛けていた爺さんのペンダントだけを椅子の上に置き、軽く水魔法で水を掛ける。

「おお、弾《はじ》いた」

水は見えない何かに弾かれた。

もう一度水を掛けてみる。肉眼では見えないが、水魔法を防ぐ魔力の結界のような反応しているのが分かる。結界は大体一メートル四方に広がり、五回ほど水魔法を掛けたら、ペンダントは反応しなくなった。

ペンダントの魔石に魔力を補充して、今度は先ほどより強く水魔法をぶつける。

どうやら少し強めの魔法の防御は二回までのようだ。これ以上強い魔法を家で試すと、勢いで何かが壊れそうなのでやめておこう。

今度はラティシャの髪飾りに水を掛けてみるが無反応だ。

魔法防御ではないとしたら……以前マイクに貰った普通の石を投げてみればパンと跳ね返った。

「おお！　物理防御か。凄い！」

この魔道具の構造はどうなっているのだろう？

髪飾りの防御回数は石を投げて二回ほどと、少なかった。

髪飾りとネックレスを着けたら、私、最強じゃない？

まぁ、普通に魔法で撃退できるし、攻撃の仕方は何も魔法や物理だけではない。

それに、ネックレスは服の中に隠せるが、髪飾りはなぁ。魔道具を付けてるのが見つかったら変なのに目を付けられそう。

とはいえ絶対髪に飾る必要もないだろうからポケットに入れてもいいよね。

「ミリーちゃん、勉強の時間だよ」

お手伝いの終わったマルクとラジェが部屋をノックする。

ジークもお昼寝から起きたようなので、椅子に座らせるために抱えるが……重い。ジークはどんどん成長している。

「ねぇね！　ジーク、ボー」

相変わらずのボーロ好きだ。ジークは最近、物の形にとても興味を持っている。積み木への関心は一時期なくなっていたが、最近はまた遊ぶようになった。

「ジークこれは何？」

「まーる」

「じゃあ、ジークの鼻はどこ？」

「はーな」

ジークは自分の鼻を指しながら言う。ここ一か月で鼻、耳、口、ホッペが言えるようになった。

食べ物へのイヤイヤは少しあるが、行動を制限される時の癇癪ほどではない。

例えばジークが進もうとしている行き先を防ごうものなら、この世の終わりかのように叫ぶ。小さい身体のどこからそんな声が出るんだろう。スクスクと成長しているのは素晴らしい。

今日は遂にマルクとラジェにかけ算を教えると約束した日だ。ラジェはかけ算をすでに習っているようだけどね。

「ミリーちゃん、それは何？」

「マルク君、よく聞いてくれたね。これは九九表というもので、かけ算を暗記するための表だよ」

「ミリーちゃん、それ椅子の裏だよね？」

屋根裏部屋から拝借した壊れかけの椅子の背板に彫った九九表をマルクに指摘される。

「注目するところはそこじゃないよ。この表を見てね。あとあと、この表を覚えてもらうんだけど、今日はかけ算の意味の話をするね」

前世の子供の頃、この表さえ暗記すれば良いと毎日頑張ったが……かけ算の意味が分からないとその後、困惑という名の闇落ちをする。実際、私はかけ算の数字は絶対増えていくものだと勘違いしてあとあと苦労した。

「どうかな？」

二人にゆっくりかけ算について説明した。かけ算とは、足し算の延長でなく全体の数を求めること。元々文系の頭で、可能な限り子供に分かりやすく説明した。

「僕が習ったのとは違う。でも、これも分かる」

「マルクは？」

「うーん。僕は……なんとなくかな？」

いいよいいよ。なんとなくでも分かってくれれば。これから頑張ろう。

ラジェの砂の国では貴族や豪商は二桁のかけ算まで覚えさせられるらしい。

ラジェは九の段まで覚えたタイミングでこの国に来たようだ。前世の世界でも国によっては二十段かそれ以上のかけ算を暗記してるって聞いたことがあった。砂の国の算数はこの世界では進んでいるのだろうか？　識字率が高く、数字にも強いのは確かだね。

この国の貴族はどうだろうか？　今度、ザックさんとウィルさんにクイズでも出してみようかな。

「ラジェはどうやってかけ算を覚えたの？」

「間違えたら、叩かれた」

ビシバシ方式か。

「んー、それ以外で頑張ろう」

お茶会

ジョーのお母さんから招待されたお茶会の日になった。

仕立て屋に注文していた服はすでに受け取りに行った。

マリッサはレモン色のAラインのシンプルなロングワンピース、私は青緑のフレアワンピースにターボ貝の髪飾りを付けた。

ジークは爺さんから貰ったベスト付きロンパースに蝶ネクタイだ。写真が撮れないのが悔しいけど、あとで絵を描いて愛くるしい姿を残そう。

「みんな、準備はできたか?」

ジョーがいつもよりシャキッとした格好で確認する。

男性服って、前世も異世界も似たり寄ったりなんだよね。ジョーは、今の流行りらしい明るい紺色のハイウエストのズボンを穿いている。中央区に行く時のジョーの服はいつも茶色だったから、紺の仕立ての良い服を着ているのはなんだか新鮮だ。

「ジョー、ほんの少しタイが曲がっているわよ」

マリッサがジョーの服を直す。二人が並ぶと本当に美男美女だよね。

猫亭の前に馬車が停まる音がした。エードラーのスパーク家からの迎えだ。ここまで馬車が入ってくるのは珍しく近所の人の注目の的だ。

猫亭の朝は通常営業を行いランチはガレルさんに任せる。

夜は臨時休業だ。ジョーがガレルさんとランチの最終確認を行い、出発の時間になった。

「じゃあ、行ってくる。ガレル、あとは頼んだぞ」

「任せてくれ」

私もガレルさんと一緒にいたラジェに手を振る。

「ミリーちゃん、とても可愛い」

「ラジェ、ありがとう」

マリーが馬車から降り、ジークの姿を見て目を見開いた。

ジークはジョーの父親に似ているという話だった。まじまじとジークを見たマリーが目を細める。

「旦那様にそっくりですが、奥様にも似ています」

「ふふ。そうでしょう。マリーさん、お久しぶりね」

「マリッサお嬢様もお元気そうで、安心いたしました。このような下町の――」

「マリーさん、そういう話はナシだ」

ジョーがマリーさんの言葉を遮る。

どうせまた平民がどうたらという私見だろうが、さすがに近所の注目する中でそんなことを言うのはトラブルの元だ。

マリーさんも辺りを見回し理解したのか、そのことについては口を噤《つぐ》み馬車へと向かう。

「どうぞ、足下に気をつけてお乗りください」

御者が踏み台を出す。ジョーは私を、マリッサはジークを抱えて馬車に乗る。

乗り心地は良いが、周りには先ほどより人集りが集まってきている。

「あ、マイクだ」

馬車の小窓から手を振る。マイクはなんであんな顔を赤くしているのだろう？

馬車が出発する。行き先は西区だ。

エードラー・フォン・スパークの本邸は西区の北にあるそうだが、別邸は中央街の近くにあるということだった。


途中まで快適だった馬車の中だが、現在ジークが歩きたいと大暴れをしている。

初めての馬車ということもあるが長い時間ジッとしているのが嫌になったのだろう。

「イヤー、アギャアアア」

「ジーク、ほらこっちに来い。パパと一緒に座ろう」

「イヤー、ママー」

あーあ。ジークに拒絶されたジョーがシュンとしてしまった。

馬車の床に落ちた猫のニギニギを拾いクリーンしてジョーに渡す。ジョー、これで頑張ってくれ。

「ジークの好きな猫さんだぞ！　どうだ？」

「……ヒック、イヤー」

一瞬だけ猫のニギニギに釣られそうになったジークだが、馬車が少し揺れたことによりまたマリッサに泣きながら抱き着く。これは少し落ち着かせたほうがいいかも。

「馬車を停めて、少し外を歩いたほうが良いんじゃない？」

「そうだな」

ジョーがマリーに馬車を停めるよう告げる。

馬車は丁度中央区の東の商店街の近くで一時停止する。

ここは見覚えがある、アズール商会の店がある近くだね。ジョーと一緒にジークと馬車を降りる。マリッサは馬車の中に残った。

「ジーク、外だぞ」

「パーパ。ねぇね、て、て」

「おお、機嫌が良くなったな」

「はいはい。おてて繋ごうね」

外に出た瞬間にけろりとしたジーク。慣れない馬車で不安が爆発したのかな。

三人で手を繋いで辺りを少し歩いたら、ジークはすっかりニコニコ顔になっていた。

馬車に戻り、目的地へ向けて再度出発する。ジークはいつの間にかマリッサの膝の上で眠りについていた。

馬車がエードラーの別邸の前で停まる。

別邸はタウンハウスのような建物だった。レンガ造りに大きな窓、表には小さいがよく整備された庭がある。周りの家も裕福な住宅街のようで綺麗に整備されていた。

馬車を降りると、家の中から執事が笑顔で出てきた。

「坊ちゃま。ようこそお越しになりました。お荷物はございますか？」

「ああ。これを。久しぶりだな、アルベルト」

「お預かりします。坊ちゃまもお元気そうで何よりです。それでは、ご案内させていただきます。奥様はここ数日ずっと楽しみにされておりましたよ」

今日はジョー特製のベリーのパイを持参してきた。美味しそうでつまみ食いを我慢するのが大変だった。

案内された別邸の中に入ると、摘みたての花の香りで迎え入れられる。家具はシンプルだが置いてある物の一つ一つが綺麗に管理されてある。

通された一階にあるダイニングルームのテーブルには白いクロスが敷かれ、カトラリーが準備されていた。

トントンと急ぎ足で階段を下りる音が聞こえ、ジョーのお母さんの姿が見える。

「ジョー、おかえりなさい！　まぁ！　この子がジークちゃんかしら？　本当にエドガーにそっくりなのね。特にこのフサフサワフワの髪があの人にそっくりだわ」

起きたばかりのジークは急に現れたジョーのお母さんをジーっと見つめている。ジークはまだ今は人見知りをしていないので良かった。

「あー」

「バーよ。ジークちゃん」

差し出した人差し指をジークが握ると、ジョーのお母さんは目じりを下げてしばらく動かなくなった。ジョーが苦笑いしながら母親を現実へと戻す。

「母様、あとで好きなだけ抱っこしていいから」

「そ、そうよね。さぁさぁ。座って頂戴。マリッサちゃんもお久しぶりね。ミリーちゃんもいらっしゃい」

みんなでテーブルに着くと、メイドが飲み物と軽食を持ってきた。

小さなキッシュにミートパイと野菜のマリネだ。美味しそうだ。

三人はジークの話で盛り上がっているので、私は食べ物に集中することにする。

マリーは部屋の隅に控え、こちらを見ている。今までとは打って変わってあの表情はなんだ？観音様みたいに穏やかな表情だ。悟りでも開いたのか？

カトラリーを取り、最初にキッシュを食べる。

これはソーセージとアスパラガスのキッシュだね。味付けもだけど、焼き加減が最高だ。

その次に食べたミートパイも美味しかったが、野菜のマリネは私の子供舌には酸っぱかった。

マリッサの膝の上から私に手を伸ばし、ジークがボーロをおねだりすると、マリッサがスプーンに載せたキッシュをジークに見せる。

「ジーク、今日はボーロじゃなくてキッシュよ」

「きゃうう」

マリッサにキッシュを貰い、美味しそうに食べるジーク。

「マリッササ、ジークちゃんは何歳になったのかしら？」

「一歳六か月です」

「そうなのね。元気いっぱいね」

軽食はこれで終わりかと思っていたが、次にサンドウィッチが出てきた。

まぁこちらではサンドウィッチ伯爵がいないので、これは白パンの肉挟みと呼ばれている。猫亭では堂々とサンドウィッチと呼んでいるけど……

サンドウィッチのあとは、ブルーベリーとチェリーの小さなフルーツの盛り合わせが配膳された。

フルーツを食べ終わると、従者がレモンの浮いたボウルと手拭きを目の前に置く。

すると部屋の隅に控えているマリーが勝ち誇った顔をする。

ふっ、これくらい分かるわ！

フィンガーボウルで手を洗う。どうだ？　驚いた顔のマリーに勝ち誇った顔を見せつけているとジョーのお母さんに話しかけられる。

「ミリーちゃんは、本当に所作が綺麗ね。この年齢で素晴らしいわ」

「ありがとうございます。レディ……スパーク？」

「ふふ。ステファニーで良いわ。ステファニーお婆ちゃんでも良いわよ」

ステファニーという名前がとても似合う、花のような笑顔でお婆ちゃんと呼べと言われても見た目は全然お婆ちゃんではない。

ステファニーさんと呼ぶのもなぁ。考えて出した答えでステファニーさんを呼ぶ。

「レディ・ステファニー」

「あら、そう？　お婆ちゃんは嫌なの？」

流石にお婆ちゃんとは呼べない。見た目的には私の精神年齢と同じくらいだしね。

前にも思ったけど、ステファニーさんはとてもフレンドリーな人だ。最近、貴族のイメージがどんどん壊れていく。

「き、貴族様なので」

「うふふ。確かに昔は子爵令嬢だったわ。でも今は領地を持たない貴族で、エドガーは平民出身だから、そんなに畏まらなくても大丈夫よ。それにあなたは私の息子の娘で家族なのよ。お婆ちゃんって呼んでほしいわ」

予想していた通り、ステファニーさんは貴族で元々は子爵令嬢だったそうだ。

ジョーの父親は、魔道具の功績でエードラーの爵位が与えられた元平民だ。世襲で与えられるような領地を受け継いでいない。

ジョーの父親が子爵令嬢のステファニーさんと結婚できたのは、当時の子爵家の経済的事情が理由らしい。

子爵家は当時、ビジネスの失敗から経済的に援助が必要な状態だったという。政略結婚かのようにも思えるが、二人は恋愛結婚らしい。

元子爵令嬢なら、ステファニーさんが放つこの貴族オーラも理解できる。

「マリーも男爵令嬢だったのよ。ねぇ、マリー？」

「今は奥様の侍女でございます」

マリーさんは幼少期から子爵家で行儀見習いをしていて、その頃からステファニーのお付きだったとのことだ。

マリーさんの実家の男爵家は現在、別の親族が男爵の爵位を継いでいるらしく、今のマリーさんは実際の身分は平民になるらしい。

『平民のくせに』とか暴言吐いていたけど、自分も平民じゃん！

ジッとマリーを睨んだが、澄ました顔で外を見ている。

それから大人たちが昔話に花を咲かせ始めたので、ジークと二人でソファに座りまったりする。

ソファが硬いだろうからと執事の持ってきた柔らかい皮革製のクッションでまったりしていると、ジークがギュッと手を握る。

「ねぇね」

「どうしたのジーク？」

ジークが唇をギュッと噛むこの表情。

オシッコしたのかな？　果実水いっぱい飲んだもんね。

オムツを触るがまだ濡れていない。マリッサたちに声を掛ける。

「あらあら、必要なら下着の替えもあるわよ」

「私が連れていくよ。私も丁度、ト……お花を摘みに行こうかなと思ってたし」

トイレに行きたいのは本当だけど、楽しそうに話すマリッサを中座させたくなかった。

「あら、そう？　大丈夫なの？」

「うん」

ステファニーさんがメイドの子を呼び寄せる。

「ジニー、手伝い室に案内して頂戴」

「はい、奥様」

ジニーと呼ばれた十五歳くらいのメイドがトイレへ案内してくれる。

「お小水のあとは、右レバーをお引きください。水が流れます。左レバーは引かないようにお願いします。それでは、扉の前におりますので、必要でしたら声を掛けてください」

ジークと一緒にトイレへ入ると最新式だろうトイレが目に飛び込んでくる。

（待って待って、トイレが凄い！）

さすが、魔道具で有名な家だ。細工もだけど、蓋が付いているトイレはこの国では初めて見た。

流すレバーの反対の位置にあるこちらのレバーは何をするためのものだろう。

引かないでって言われると引きたくなるんだけど……。ジークがトイレの側で声を上げる。

「しー」

「ああ。ごめんごめん。もうしー出ちゃった？」

ジークのオムツを確認するが、まだオシッコはしてない。

「ジーク！　凄いね！　しーの前にしーが言えたよ！」

ジークにはいつも驚かされる。

オマルはトレーニング中なのでまだきちんと使えていないのに、ちゃんとおしっこが出る感覚が分かっているんだね。お姉ちゃんお赤飯炊くよ！

あれ？　お赤飯は違うか……米もないし。お祝いボーロ焼くよ！

「じゃあ、トイレに座ろうか？　クリーン」

「くりゅーん」

ジークが私の真似をして言う。私を溶かす気だね。

ジークのトイレも終わり、私もトイレを使う。

レバーを引くと水が流れて風魔法が出てくる。クルクルと便器の中で水が回って下へと吸い込まれていく。猫亭のトイレは水が溜まって流れる方式なので、違いが楽しくもう一度水を流す。トイレが楽しい……。

「もう一つのレバーが気になる」

一秒の葛藤のあと、エイっと左のレバーを引けばプシュウウと音が鳴る。

「きゃあ」

逃げる間もなく水が顔に飛んでくる。

ウォシュレットか。凄いが、それよりもトイレ水を顔に浴びたことがショックでしばらくトイレの中を放心状態で眺めた。

「クリーン、かけるたくさん」

「きゃきゃ。ねぇね。くりゅーん」

トイレから出ると、ジニーが不思議そうにこちらを窺う。トイレに長居し過ぎたかな。

「魔消しは必要ですか?」

「え?　それはなんですか?」

「こちらです」

ジニーがトイレ扉の横に掛けてあった袋からハーブの束を出す。

これに火を点け、空気を浄化するという。クリーンはあるけど、どうやら宗教的な行いらしい。平民では聞いたことのない行いだけど、貴族特有なのか。せっかくなの魔消しをやってもらう。

ハーブの香りが気持ちいい。

「ありがとうございます」

「それではみな様の元へ案内します」

ジニーに案内されたのは先ほどまでいたダイニングルームではなく、明るいティールームだった。

ジョーたち三人はお茶を飲みながら窓辺の席で雑談をしている。

「ミリー、ジーク、おかえりなさい」

ジークが私から手を離してテケテケとマリッサの元に向かって歩いていったが、間違えてぎゅっとステファニーのスカートを握る。

「あら、まぁ」

「マーマ……？」

間違えたことに気づいたジークがキョトンとする。目を大きくして見上げるその顔、カメラがあれば写真百枚は撮れる。

「ジークちゃん、お婆ちゃんですよ」

「んー」

ジークがマリッサに助けを求める。

「ジーク、言えるかしら？　お婆ちゃん」

「ばー」

「まぁ！　凄いわ、ジークちゃん！」

ステファニーさんに褒められてジークのドヤ顔と鼻ヒクヒクが出る。

「この顔はジョーにそっくりね」

「私もそう思っていました」

二人がジョーの変顔の話で盛り上がったので、椅子に座りテーブルに並べられたジョーのベリーパイ、それからクッキーに初めて見るお菓子を凝視する。ジョーは子供の頃の恥ずかしいエピソードをステファニーさんにバラされて顔に手を当てている。頑張れ、ジョー。

「取り分けますね」

「あ、ありがとうございます」

執事が取り分けてくれた揚げパンのような菓子を一口食べる。これは、ラスクか！

小学生の頃、パンの耳で作るラスクにハマったんだよね。

このラスクは葡萄とクルミのパン、それも耳じゃなくて本体を使ったものだね。砂糖はなしか。でもほんのり葡萄の甘みが美味しい。サクサク幸せだ。口に入れる度に至福を感じていると、ステファニーさんに話しかけられる。

「ふふ。ミリーちゃんは本当に幸せそうに食べるのね」

「とても美味しいです」

「これはね、古くからあるパン屋が出してるツヴィーというパンなのよ。すぐに売り切れるから、今日は特別に注文したのよ」

「そうなんですか？　ありがとうございます！」

「ねぇね、ジークも」

ジークがツヴィーをねだる。これは砂糖なしだから大丈夫だろう。

実はジークにはまだ砂糖が含まれている食べ物は与えていない。

マリッサたちは砂糖を与えてしまうと、偏食が酷くなるとの理由だが私は虫歯の心配をしている。

クリーンはあるけど、クリーンで虫歯まで防げるのか分からない。

フッ化物――だったかな……母乳にも入っているけど、ジークは母乳をほぼ卒業した。

その他は、にぼしとか昆布？　くっ、どれもない。あ……確かお茶も入ってるんだよね？　紅茶にどれくらい入っているか分からないけど。

今は、ある程度成長するまで砂糖はあげないことが一番かも。

「ミリー、何を難しい顔してるの？」

「なんでもないよ。お母さん、ツヴィーをジークにあげてもいい？」

「少しだけよ」

ツヴィーをひとかけら与えると難しい顔をしながらジークが噛み始め、食べ終わるとニカっと笑った。

「ジーク、美味しかった？」

「ジーク、ボー」

「ジーク、これはボーロじゃないよ」

ジークがラスクを気に入ったようなのでもう少しだけ与える。

ラスクを食べ終えたジークはすぐにウトウトし始める。

「あら、お昼寝の時間かしら？」

「マリッサちゃん、客室が空いてるからジークちゃんを寝かせてきなさい。ジニー、ジークちゃんを運んで頂戴」

マリッサとジークが退席、ジョーとステファニーさんの三人になる。

まぁ、マリーもいるけど……またあの謎な観音様顔で悟りを開いてるからね。本当、今日はどうしたのだろう？

マリーを凝視し過ぎたのか、ステファニーが微笑みながら私の疑問に答えてくれる。

「マリーは、この前とても失礼だったでしょう？　今日は、スパーク家の侍女として恥ずかしくない振る舞いをお願いしたのよ」

「そ、そうでしたか」

マリーの観音様顔の秘密も分かったところで、ジョーがパイを切り分ける。

（待ってました！　ベリーパイ！）

サクッと音を立て切り分けられるパイの切り口からトロッとベリーのフィリングが溢れる。皿に載せられたパイからは、甘いベリーの匂いがフワッと香った。思わず涎《よだれ》が出そうになる。ベリーパイを一口食べる。キュンとする甘酸っぱい風味が口の中に広がる。至福。

パイを切り分けたジョーがステファニーさんに尋ねる。

「母様、聞きたかったんだが、ジークの話は誰に聞いたのですか？」

「……マリスよ。マリッサは賢いけど、マリスはダメね。あの子は昔から口が軽いのよ。おかげで私は孫の存在を知れて、こうして会うことができているのですけどね」

それは、商人として危なくない？

マリッサの兄のマリスとは直接会ったことはないが、息子のクリスの肖像画を描いた時に商業ギルドの隠し部屋から見たことはある。外見はマリッサに似ていて、子育てに苦労している印象しかなかったけど……

「マリスは親父を慕っているからですよ。普段は商人としてちゃんとやっていると思います。まぁ、もう何年も会っていないから今はどうか分かりませんが」

「そうね。会っていないと言えば、今日はエレノアも誘ったのよ。あの子、忙しいから来ないなんて言ったのよ」

「エレノアか……最後に会ったのは七歳の時か。無事に大きくなっているなら、それだけで十分だ」

ジョーがどこか寂しそうに微笑む。エレノアはジョーの妹で現在王都学園に通っているらしい。父親似で毎日魔道具の研究に没頭しているらしい。

ふと視線を感じ、壁に目を向ければ飾ってある絵が目に入る。あの絵、あのタッチ……商業ギルドのマジックミラーの絵とそっくりだ。まさかね？

「あそこの絵を見ても良いですか？」

「え？　ええ」

許可を出したステファニーさんが少し動揺したような気がした。

椅子から立ち上がり絵を観察しに行くが、身長が足りない。執事のアルベルトさんに抱えてもらいまじまじと絵を睨む。

(やっぱり、絶対同じ画師だ)

商業ギルドの絵と比べたらかなり小さく枠は豪華だけど、これも魔道具なの？

まさか、反対側から誰か覗いているの？　訝しげに絵を間近で睨むとアルベルトさんに注意される。

「それ以上近づきますと、可愛い顔に絵の具が付いてしまいますよ」

「うーん」

念のために二本指を自分の目に向けて、その指をそのまま絵に向ける。反対側に誰かいるなら、こっちが監視してやる。私の行動にアルベルトさん目を泳がしながら咳払いをする。

「何をされているのでしょうか？」

「警告です」

「さ、左様ですか。もう、下ろしてもよろしいでしょうか？」

「はい。ありがとうございました、アルベルトさん」

実際のところは誰も反対側にいないかもしれない。

でも、私がアズール商会のミーナさんに見つかりそうになった時、結構ビビった。

誰かがこの絵の反対側にいるのなら、絶対びっくりしたと思う。

ジョーのお父さんだったりして――まさかね？　ジョーからテーブルに戻るよう言われる。

「ミリー、絵を触ってないだろうな？」

「見てただけだよ」

「あんな絵、昔はなかったですよね。新しく購入されたのですか？」

「ほほ、そうだったかしら。それよりもミリーちゃん、お口にベリーが付いているわ。拭いてあげるからじっとしてね」

ステファニーさんに口をハンカチで拭いてもらう。薔薇の香りのするハンカチがいい匂い。

「クリーンは使わないのですか？」

「ふふ。使ってもいいけれど、このほうがミリーちゃんの可愛いお顔に触れられるでしょう？」

どう返していいか分からず、とりあえず笑顔を見せる。ステファニーさんのハンカチにはカタツムリのような刺繍《ししゅう》が施してある。

「カタツムリ……？」

刺繍を凝視しながらボソッと出た言葉に、ステファニーさんが恥ずかしそうに返事をする。

「ミリーちゃん、私の刺繍《ししゅう》をそんなに見ないでね。お世辞にも上手とは言えないのよ」

「私も刺繍《ししゅう》はあまりできないので大丈夫です。これはなんの刺繍《ししゅう》ですか？」

「薔薇の花よ」

（何故に茶色の糸で薔薇の刺繍をしたのだろうか？）

いや、私は人様を評価できるほど立派に刺繍《ししゅう》できる腕前ではない。黙っていよう。そういえば、ジョーの絵のセンスも謎だ。遺伝か？　遺伝なのか？

「ミリー。今、何か失礼なことを考えてないか？」

「滅相もございませんよ。お父様」

「……相変わらず、嘘が下手だな」

ジョーに頭をヨシヨシされる。えへへ。席に戻り、新しい紅茶を注いでもらう。この紅茶もとても良い匂いだ。

「そういえば、マリッサちゃんは昔から刺繍《ししゅう》が得意だったわよね」

「この猫の財布の刺繍《ししゅう》もお母さん作です」

お気に入りの猫の財布を持ち上げステファニーさんに見せると、勢いでポケットの中のものが床に落ちる。

「あら、ミリーちゃんのハンカチが落ちたわよ。この刺繍《ししゅう》は……赤い蜘蛛かしら？」

「カニです」

「カニ！　そうなのね……珍しいわね」

ステファニーさんがハンカチを回しながらどの辺がカニなのを確かめている。悪気はないのだろうが、恥ずかしいのでやめてほしい。

「母様、ミリーは残念ながら刺繍《ししゅう》の腕前はないのですよ。その代わり俺に似て料理上手だ」

「ふふ。刺繍が下手なのは私と同じね。他に得意なことがあればいいのよ」

「レディ・ステファニーは――」

あれ、ステファニーさんの得意なことを質問しようとしたら、大げさに横を見て頬を膨らませられた。

「もう親しくなったから名前で呼んでもいいでしょう？」

「ステファニーさん――」

「お　ば　あ　ちゃん」

お婆ちゃんと言うまでニコニコ笑顔で圧を掛けてくるステファニーさんが実に大人気ない。

ジョーがため息をつきながら注意する。

「母様、大人気ないですよ」

「これくらいいいでしょう？　ミリーちゃん、私をお婆ちゃんって呼んでくれないかしら」

躊躇したが、お婆ちゃんと呼ばない限り話をしてくれなさそうなので一思いに笑顔で言う。

「ステファニーお婆ちゃん」

「いいわ。可愛いわ」

どうやら試練は乗り越えたらしい。それからしばらく三人で談笑していたら、いつの間にか帰る時間になっていた。

暗くなっていく部屋にアルベルトさんが壁のランプを一つ一つ灯していく。このランプも魔道具だ。灯された光は火魔法ではなく、魔法のライトに似ていた。

マジックミラー疑惑がある、例の絵から微量だが魔法の気配がした。やっぱり誰かあの後ろにいる。いるならほぼジョーのお父さんで確定だと思うけど……

ジークを抱えたマリッサが戻ってくる。ジークは、まだ少し眠そうだ。ジークを受け取ったジョーが帰り支度を始める。

「母様、そろそろ失礼します。遅くなると物騒だ」

「そうね。また会えるかしら？」

「休みはすぐには取れませんが、また機会があれば……でも、頻繁に会うのは親父も嫌がるはずですので」

「エドガーは頑固なだけよ。二人が忙しいなら、ミリーちゃんとジークちゃんだけでも遊びに来れば良いわ。そうでしょう？　ね、ジョー？」

「……母様。はぁ。考えておく」

ジョーはステファニーさんの押しに弱いようだ。きっと、ジョーのお父さんもこのグイグイ来られる感じに同じように弱いのだろうと予想する。

「帰る前にジークにもあの壁の絵を見せたいです。お父さん、抱っこ」

「絵って、またこれか？　これがどうしたんだ？　ただの風景画だろ」

「いいの。お父さん、ジークと私を抱っこして」

首を傾げるジョーに抱っこしてもらいジークと絵を眺める。裏に潜む人物にこれくらい近くで見せれば十分だろう。

「お父さん、もう大丈夫だよ」

「ミリーは本当に絵が好きだな」

その後、ステファニーさんとお別れをして、帰りも行きと同じ馬車に乗って家路につく。ジークも私も帰りの馬車ではすっかり熟睡してしまった。

エードラー・フォン・スパーク別邸

ミリアナたちが帰ったあと、ティールームでジッと壁の絵を睨むステファニー、その隣では気まずそうに絵から目を逸らすアルベルトがいた。

「アルベルト。私は今日、エードラー家に恥じぬ行いをみなに言いつけましたよね？」

「……はい。奥様」

アルベルトがハンカチで額の汗を拭き、壁の絵を一瞥して苦い顔をする。ステファニーが扇を出して尋ねる。

「それを守っていないのが当主本人の場合、どうしたら良いと思いますか？」

「……申し訳ございません」

「アルベルト、あなたのせいではありません。エドガー、いつまで隠れておられるのですか？」

ステファニーが扇で数回壁の絵の枠を軽く叩くとガコンと音を鳴らして壁が開く。中から出てきたのは、長く量の多いフワフワの髪を結んだ長身の男。エドガー・エードラー・フォン・スパーク、この屋敷の主だ。エドガーが不機嫌な表情で口を開く。

「隠れているわけではない」

「では、エドガーは、そちらで一人のお茶会を開いていたとおっしゃるのですか？」

「一人ではない」

エドガーの後ろから、ジョーに似た少女が顔を出すとステファニーは目を見開き呆れる。

「まあ！　エレノア！　私はあなたを正式にお茶会へ誘いましたよね？　あなたがエドガーに今日のことを告げ口したのですね？」

エレノアが目を逸らしながらステファニーに反論する。

「告げ口じゃない。教えただけ。悪いことはしていない」

「同じでしょ！　貴方たちは、何故そうも頑固なのかしら」

「「頑固じゃない」」

エドガーとエレノアが声を合わせ言うとステファニーが持っていた扇を手に打ちつけ閉じる。

「私のお客様に覗きをしたのですよ。二人とはしばらくお話ししたくありません」

「覗いてない、見ていたのだ」

エドガーの言い訳にワナワナと怒りに満ちたステファニーを止めようとアルベルトが二人の間にはいる。

「だ、旦那様。さすがにそれは……それにミリアナ様は、あの壁絵に何か感じ取られていたようでした」

「あれはこちらを指差していたが、何をしていたのだ？」

「それが『警告』とおっしゃられていました」

「……エレノアが魔法を使ったから見つかったのか？」

エドガーが首を傾げながらエレノアに視線を移す。

「お父様。それは違います。私の魔法は小さなライトでした。そんな微弱な魔法に気づく子供などいません。お父様のクシャミのせいではないですか？」

「この壁は防音だ」

「お父様のせいです」

「俺のせいではない」

エドガーとエレノアが言い合いを始めたことにステファニーが眉を顰《ひそ》める。

「アルベルト。私は部屋へ戻ります」

言い争う二人を無視してステファニーがティールーム退出しようとすれば、アルベルトに声を掛けられ赤い玉を見せられる。

「奥様。こちらがティルームの絨毯の上に落ちておりました」

「何かしら？　赤い魔石の宝石？　私のではありません。エドガー、あなたのですか？」

エドガーがエレノアとの言い争いを中断して、まじまじと赤い玉を調べる。

「これは、珍しい。海の炎の魔石だ。俺のではないが、久しぶりに見た。それに、その魔石には魔力が込められている。相当価値のある魔石だ」

「あなたのではないのなら、一体誰の――まさかあの時、ハンカチの他に何か落ちたと思った時の……」

「ん？　何か言ったか？」

「いいえ。きっと私の装飾品から落ちたのです」

「いや、でもこれは……」

「私のです！　早くお返しください！」

ステファニーがエドガーに圧を掛けながら魔石を渡すように迫る。

「わ、分かった。ほら返すぞ」

「ありがとうございます」

「ステファニー、そろそろ一緒に本邸に帰らないか？」

「嫌です。あなたのせいで私は孫の成長を一年六か月も見損ねたのです。それに可愛らしいミリーちゃんとも会えなかったかもしれないのですよ！」

ステファニーはプイとそっぽを向くとそのまま自室へと向かった。

七歳

七の月になった。私も今日で七歳だ。機嫌良くうねうねと踊りながら部屋から出ると、ダイニングルームにいたジョーがジークをあやしながら尋ねる。

「ミリー、なんだその踊りは？」

「お父さん！　おはよう。これは七歳の舞だよ」

「なんだそれは？　踊りはいいから早く服を着ろ。もうすぐ、マルクとラジェが来るだろ」

ジョーがチラチラ不安な表情でドアを見ながら言う。確かに薄着だけど服は着ている。

「別に裸じゃないから大丈夫だよ」

「七歳のレディになったんだろ。服を着替えてきたら俺の特大誕生日ハグをしてやるよ」

「本当！　すぐ着替えてくる」

部屋に戻る前にマリッサに発見されギュッとハグをされる。

「ミリー、誕生日おめでとう！　どんどん大人になって、なんだか寂しいわ。でも、男の子が来る前に服は着替えなさい。これ、新しく繕った服よ」

「わーい。お母さんありがとう！」

マリッサの作ってくれた新しい服を着る。襟の部分が可愛いレースでデザインも幼女から少女っぽくなっていた。

リビングルームに戻り、新しい服で家族三人にポージングを披露する。

「よく似合ってるわよ」

「ああ、似合っている。今日は美味しいもの作るからな」

「わーい」

ドアからマルクとラジェがなだれ込むように入ってきて二人で声を揃えお祝いを言う。

「「ミリーちゃん、誕生日おめでとう」」

「二人共ありがとう！　マルクもお誕生日おめでとう！　二人にこれあげるね」

マルクが首を傾げながら尋ねる。

「これは何？」

「メレンゲクッキーだよ。昨日作ったんだけど、今日中に食べてね」

袋に入れたメレンゲクッキーを受け取ると、二人が嬉しそうに礼を言う。

ネイトとケイト、それからガレルさんも揃い、みんなで朝食をした後、私以外は猫亭の仕事に向かう。

今日は猫亭での仕事がないから、マイクとニナにもメレンゲクッキーを渡しに行くため一人で出かける。

夏生まれは多い。マイク、マルク、ニナはみんな夏生まれだ。

夏の時期に生まれるには……十の月辺りか。丁度その頃は実りの秋だ。夏の稼ぎで懐にも余裕があり、祭りも開催される時期だ。みんな心にも余裕があるから、にゃーんやうにゃーんなことをするのね。むふふ。一人でニヤニヤ笑っていたらマイクに見つかる。

「ミリー、なんだよその顔は？」

「マイク！　誕生日おめでとう！　八歳か～。ついにお手伝いから見習いになるんだね」

「おうよ」

マイクが照れ笑いをする。この日を数週間前から楽しみにしていたのは知っている。メレンゲクッキーをマイクに渡す。

「これ、お誕生日クッキーだよ」

「くれるのか！　お？　なんだこれ」

渡した袋の中身を確認したマイクが尋ねる。

以前渡したクッキーと形が違うので戸惑っているのだろう。

「それは、メレンゲクッキーだよ」

「すげぇな！　いろんな色があるぜ。全部貰っていいのか？」

「うん。でも、一人で食べてね」

「おう！　今、食うぜ」

マイクは、袋に入っていたメレンゲクッキーを全て口に入れてニカッと笑った。丁度青紫のメレンゲクッキーが前歯に付いていて、お歯黒笑顔になっていた。

「マイク、可愛いね」

「かっ、もぐ、なん、もぐ」

「なんて言ってるか分からないよ」

マイクと別れ、ニナにクッキーを届ける。ニナはメレンゲクッキーを大切に宝石箱に入れようとした。

「ニナ、これは早めに食べないとベタベタになるから、今日中に食べてね」

「そうなの？　綺麗だからもったい無いよ」

「大丈夫だよ。ほら、食べてみて」

ニナは小さな口で、サクッとメレンゲクッキーを食べるとこれでもかというほどに目を見開いた。

「ニナ、こんなの食べたことがない。ありがとう！」

「お誕生日の特別だよ。ニナがこっそり一人で食べてね」

「ニナ、誰にも言わない」

ニナとも別れスキップしながら帰ると猫亭の前で誰かにぶつかり尻餅をつく。いつも通りのパターンだな。ぶつかった相手を見上げる。

「あ……チョコレート」

「俺はそんな名前じゃないぞ」

「もちろんですよ。レオさん、お久しぶりですね」

レオさんに手を借りて立ち上がるとクリーンを掛けてくれた。一瞬で全身がピカピカになる。何、この上質な魔力……魔法の痕跡も消えている。こんなに早く消えるのは初めて見たかもしれない。

「ミリーちゃんに最後に会ったのは――そうか、噴水の前だな。大きくなったな。子供の成長は早過ぎる」

「レオさんは……こんがりしましたね」

なんだか髪の色も抜け、より金髪に近くなっている。肌が小麦色になった分、笑った時に見える歯がやけに白い。

「ははは。そうだな。仕事でしばらく転々としていたんだよ。今日は、やっと猫亭のランチを食べに来たぞ」

「そうなんですか！　今日のおすすめはオークカツです。私の好物です」

「そうか。じゃあそれを食べるとするか」

レオさんを店内へと案内する。猫亭のランチは今日も忙しそうで席は満員だ。

一人だし、カウンターでもいいかな。つま先立ちでカウンターの席が空いているかを確認していると、ケイトが元気良く挨拶する。

「いらっしゃい。あ、ミリーちゃん。どうしたの？」

「こちら一人だけど、いけそう？　席は空いていないみたいだけど、カウンターはどうかな？」

「空いてるよー。今日はオークカツかギョーザだよ。お兄さん、どうする？」

席へ案内しながらケイトがレオさんに尋ねる。

「じゃあ、オークカツをよろしく！」

「はーい。ソースは？　美味しいよ」

「ソース？　美味いのか？　それなら、それも付けてくれ」

「はーい」

カウンター席に座ったレオさんの腕のこんがり度に感心する。

本当に全体的に焼けたな。以前よりも断然ワイルドな雰囲気だ。レオさんが隣の席をパンパンと叩く。

「丁度隣の席空いているから。ミリーちゃん、俺の相手でもしてくれ」

「……隣ですか？」

「俺から欲しい物があるだろう？」

「いただけるんですか？」

「可能性はゼロではないな」

チョコレートを交換条件にぶら下げられたら、隣に座るしかない。カウンター席によじ登る。

「昼食は食べたのか？」

「まだですけど、お父さんが用意してくれていますので……」

「そうか。今日は誕生日だろ？　七歳か？」

「よく覚えてましたね。そうなんです。ピカピカの七歳です」

鼻を上げ自慢げに言うと、レオさんがジッと見つめ何かを呟く。

「やはり、よく似ているな」

「え？」

「ああ、なんでもない。あの坊主とは仲良くしてるか？」

何を言ったのか聞き返そうとしたが、話を逸らすようにレオさんが尋ねた。

「マイクですか？　はい。マイクは今日八歳になったんですよ。薬屋の見習いに昇格して嬉しそうでした」

「そうか。ミリーちゃんは猫亭の女将を継ぐのか？」

「まだ七歳なので分かりません」

「そうか」

レオさんがやけに優しい表情なのが気になるが、丁度ケイトがオークカツを運んできたので気持ちがそちらに向かう。ガレルさんの揚げ物の腕前はメキメキと伸びてきたな。レオさんがカツの厚切りのピースをサクッと音を立て食べる。あああ。美味しそうだ。

「涎《よだれ》垂らしてるぞ」

「うぐっ。オークカツはいかがですか？」

「美味いな。これは中央街のより美味いぞ」

「嬉しいです」

素直にオークカツを褒められたのは嬉しいけど、レオさんは中央街の店で食べたことがあるんだね。レオさんがケイトを呼び止め私のためにオークカツをもう一つ注文する。

「ミリーちゃん、俺の奢りだ。目の前でそんな顔されたら、美味しく食べられないからな」

「あ……涎《よだれ》」

口元の涎《よだれ》を拭く。奢ってもらうのは気が引ける。だって私のお昼は、多分同じ物の予定だ。ケイトも困った顔で注文を受け取った。

ケイトに相談されたのだろう、すぐにカウンターにジョーがやってくる。

「お客さん。ミリーに優しくしてくれるのはありがたいが、娘の食事は俺が用意するから気にすんな」

「猫亭の亭主か？　俺はレオという。ウィルの仕事仲間だ。アイツがここの飯が美味いと言うんで食べに来た。ミリーちゃんとは以前薬屋で偶然合って顔見知りだったから、案内してもらっただけだ」

ジョーがレオさんを疑いの眼差しで上から下まで見る。うん。確かにレオさんは冒険者には見えないんだよね。

「ウィルの仕事仲間ってことは冒険者か？　この辺では初めて見る顔だな。ミリー、本当か？」

「薬屋でウィルさんと一緒にいた時に会ったのは本当だよ」

レオさんが冒険者かどうかは今だに怪しい。前はスネ齧《かじ》りセレブニートだと思っていたけど……こんがりと焼けたワイルドな姿から、なんらかの仕事はしているようだ。ジョーはウィルさんの知り合いということでほんの少し警戒を解いた。

「そうか。分かった。冒険者は大歓迎だ。だが、娘の食事は俺が用意する。レオだったか？　レオは気にするな」

「ははは。分かったよ。ミリーちゃんは大事にされているな。亭主もそう敵意を向けるな。娘に何かしようとしてるわけではない」

「ジョーだ。レオも娘ができれば分かるさ」

「そうだな。俺にはまだ息子しかいないからな」

「え！　レオさん子供がいるんですか！」

レオさんは子持ちなのか？　全然そんな風に見えないんだけど。でも、この年齢だったら結婚していてもおかしくないよね。冒険者は、お金貯めてから結婚する人が多いので晩婚だらけだけど、職業不明でも金持ちそうだし結婚はしてるよね……結局世の中はマネーなんだ。マネーがあれば、ニートでも結婚はできる。

「そんな顔するほど子供がいるのが意外なのか？」

「レオさんが既婚者なことに少し驚いただけです。お子様は何歳ですか？」

「九歳だ。久しぶりに会ったら、生意気になってたな」

想像していたよりおっきい子供だ。生意気な幼いレオさんを想像する。可愛いかもしれない。

「お仕事で王都を離れていたのですか？」

「そうだな。南の地方に行っていた」

「大変なんですね」

「他人事だな」

「他人事ですから」

ジョーが私のオークカツをカウンターに持ってくる。オムライスにハートならぬ、オークカツにソースで不格好なハートが描かれていた。ジョーはどういう顔でこれを描いたのだろうか……ハートを見たレオさんが笑いを堪《こら》える。さっさと食べよう。証拠隠滅だ。カツを真ん中のピースから食べる。サクサクうまし！

「はは。本当に過保護だな。ミリーちゃんが嫁に出る時には大変だろうな」

「レオ、心配は無用だ。ミリーは嫁には出さん！」

ジョーがそんなことを大声で言うものだから、ランチ客の注目を一斉に浴びる。レオさんの笑い声が響く中、残りのオークカツを急いで食べる。隣で食べるレオさんの所作はとても綺麗だ。やっぱりセレブニート説が有力だな。

オークカツを食べ、今日は午後からラジェと遊ぶ約束のことを考える。何して遊ぼうかな？　屋上で砂遊びかな？　砂遊びといえば、海だよね。海に行きたい。カニが食べたい。

「まだ腹が減ってるのか？」

「え？　いいえ。お腹いっぱいです」

「その割には、空腹そうな顔をしていたぞ」

そんな顔をしていたのか？　カニの妄想のせいだろうか。カニ……

「そ、そうですか？　レオさんは満足しましたか？」

「ああ。久しぶりにこんなに美味しい物を食べたよ。ウィルが褒めていただけあるな。それじゃあ、また来るな」

「はい。いつでも来てください」

食事が終わるとすぐに去ったレオさんを見送り、部屋へと戻るととんでもないことに気づき叫ぶ。

「あ！　ああああああ！　チョコレート……」

レオさんにチョコレートの出所を聞くのをすっかり忘れていた。ショックで床に倒れ込み、いじける。しばらく床でイジイジとしていたら、ラジェが部屋に入ってくる。

「ミリーちゃん！　大丈夫？　クリーン」

「ラジェ……大丈夫だよ。ちょっといじけてるだけ。すぐ元気になるから、ちょっと待ってね」

数分後。完全復活！　レオさんに会うのはこれが最後ではない。次回また捕まえればいいだけだ。

心配そうにラジェが尋ねる。

「もう、大丈夫？」

「うん！　ラジェ、今日は何して遊ぼうか？　とりあえず屋上に行こうか」

二人で屋上へ向かう。やるならやっぱり砂遊びだね。ラジェに魔法で砂を出してもらう。屋上の周りは砂が飛ばないように風魔法で囲う。カレー臭い問題の二の舞を踏まないようにね。

早速、砂でいろんな形の物を作る。ラジェが作っているのは……あれは私だろうか？　ラジェは砂魔法で繊細な形を作れるのは分かったけど、ちょっと私を美化し過ぎじゃない？　私はそんなにキラキラしてないと思うけど……。私も製作中のものに集中する。

「ミリーちゃん、それは何？」

「サメのヒレだよ」

水魔法も使って屋上の床からサメのヒレだけが出ている砂アートを完成させる。

「サメって何？」

おおう。そこからか。サメとは何か……あれって一応魚類だったよね？　サメといえば、出てくるのはホラー映画かフカヒレスープだ。

「大きな魚だよ」

「こんなヒレの大きな魚がいるの？」

魚自体は知っているのか。砂と水の魔法で等身大のサメを出せば、ラジェは驚いて尻餅をついた。

あ、ちょっとサメの歯を誇張し過ぎたかな……凶暴なサメが出来上がる。

「……ミリーちゃん、砂魔法も使えるの？」

あ……しまった。ついラジェにサメを見せたくて砂魔法を使ってしまった。いや、大丈夫だ。もうラジェには、ほとんどバレているのだ。今更って話だ。

「う、うん。この前、試したら使えたんだ。えへへ」

「僕、もう驚かないよ。ミリーちゃんだから。でも、こんな大きな魚がいるんだね。凄いね。人も食べそうな大きさ」

ラジェの知っている魚は湖の魚らしい。砂の国の湖ってオアシス的な場所だろうか？

実際この世界にサメはいるのだろうか？　海ならサメっぽいモンスターはいそう。絶対人食いの類《たぐい》だよ。スライムでさえ火災を起こすんだから、絶対凶暴に決まっている。

サメもいるし、せっかくなので砂魔法で小舟を作って二人で乗る。小舟は砂魔法で動くかな？

お、動いた動いた。

サメのヒレに私たちの乗った小舟を追いかけさせる。低い声で緊迫感のある歌を歌う。

「タンタンタンタン」

「ミリーちゃん、その歌は何？」

「サメのテーマソングだよ」

その後はサメから逃げる小舟ごっこでしばらく遊んだが、最後にちょっとイタズラ心が出過ぎたのは反省している。

小舟の端をサメの大口で噛ませたせいでラジェをびっくりさせてしまったのだ。

焦ったラジェは、砂魔法で作った針のような槍で私のサメを滅多刺しにした。

ラジェ恐ろしい子。

（いや、反省するのは私か……驚かせてごめんね、ラジェ）

砂遊びを終え、四階へと戻る途中に大皿を抱えたジョーと会う。

「ミリー、屋上でラジェと何をしてたんだ？」

「サメごっこ」

「はは。なんだそれは？　まぁいい。今日はミリーとマルクの誕生日だから豪華な夕食を持ってきたぞ」

「わーい！」

大皿にはよく肥えた鶏の丸焼きが載っていた。

あれ？　いつもの鶏より数倍大きい。

ジョーはその丸々とした鶏を載せた皿を重たそうにテーブルの上に置いた。

鶏の見た目からは重さ十キロ以上ありそうだ。

香草焼きかな？　バターとハーブの香りが部屋中に漂う。鶏は黄金色に焼けた皮がパリッとしていて、食欲をそそる。くぅ、自然と涎《よだれ》が出てしまう。

「どうだ、デカいだろ」

「うん。この鶏、本当に大きいね。とっても美味しそうだよ、お父さん」

「ミリー、涎《よだれ》が出てるぞ。それに、コイツはいつもの鶏じゃないぞ。魔物のコカリスだ」

「コカトリス？」

「いや、コカリスだ。コカトリスはこんなに小さくないぞ。しかも、あれは高級肉だ。丸焼きなんて贅沢はできないな。ん？　どこでコカトリスの話を聞いたんだ？」

「ぼ、冒険者だよ」

「そうか。こいつでも焼くのに数時間は掛かったんだぞ。見ろ、この肉厚」

コカリスは鶏がドーピングしたかのような大きさだ。

それでも魔物の中では小さく、珍しく凶暴ではないらしい。

ただ、群れで擬態して移動するため捕まえるのに苦労するらしい。一羽銀貨一枚で取引されている。鶏が一羽銅貨一枚だから、約十倍の価格だ。贅沢だ。

「凄く豪華だね。お父さん、ありがとう」

「今回は安く手に入ったんだよ。それに今日は二人も誕生日がいるんだ、たまには良いだろ？　この大きさだったら、一羽でみんなの腹を満足させられるだろしな。ミリーが食い過ぎなければの話だがな」

ククとジョーが笑う。確かに私の食欲は旺盛だが、この量をペロリとは食べられない。

「心配しなくても、いっぱい食べても大丈夫そうだよ！」

「じゃあ、俺は仕事に戻るが、本当に食い過ぎるなよ」

ジョーが仕事に戻るとわらわらと匂いに誘われて、みんながテーブルに集まってきた。

夕食の席には、マリッサ、マルク、ラジェ、ネイトが揃ってる。みんな黄金に輝くコカリスに釘付けだ。マリッサが全員分の皿を配り笑う。

「あらまぁ。みんな同じ顔しているわね。ミリーもマルクも誕生日おめでとう」

「「「おめでとう」」」

みんなからお祝いを受け、早速肉を切り分ける。マリッサがコカリスにナイフを入れるとパリっと皮が破れ、ジューシーな肉汁が溢れる。

はぁはぁと息が上がる。

コカリス、なんで君と今まで出会わなかったのだろうか。この素敵な出会いに感謝だよ！

マリッサ！　早く！　早くお肉を皿に載せて！

「ミリー、落ち着きなさい。ほら、皿を出して」

マリッサが私の皿に厚切りの肉を載せる。備え付けのマッシュポテトに肉汁で作ったグレービイソースをトロトロと掛ける。最高のコンビネーションだ。

「ミリーちゃん、目がギラギラしてるよ」

「マルクも早くお母さんにお肉を切ってもらうといいよ」

「う、うん」

全員の皿にお肉が渡ったところで、マリッサが短いお祈りをする。普段の食事でお祈りなどしないが、大きなお肉はそれだけ偉大なのだろう。

「さあ、食べましょう」

よし！　早速、コカリスの肉を頬張る。

（おおふ。なんだこれ）

肉は柔らかいだけでなく、噛む度にジュワッと旨さが口の中に広がる。至福だ。

みんなも無言で咀嚼している。美味しい物を食べると無言になるよね。

無心にコカリスを食べ続け手を止める。

あー。お腹いっぱいだ。これ以上は食べられない。本気で食べ過ぎたかもしれない。ソファで横になり情けない声を出す。

「ぐぇー」

「こら、ミリー。はしたないわよ」

「お母さん、お腹いっぱいで一歩も動けないから許して」

「仕方ないわね。今日だけよ！　残りのお肉をジョーたちにも持っていくわね。ジークはもう寝たから、静かにしてなさいね」

「ありがとう」

肉の載った皿を持ったままマリッサが立ち止まり私をジッと見る。

「……ミリー。せめて、ソファの背もたれに脚を上げるのだけはやめなさい」

「はーい」


その後、戻ってきたマリッサは繕い物をし始めた。

猫亭の子供が増えた分、マリッサの繕いの仕事も増えた。手伝いたいが、裁縫の才能がない私は邪魔なだけだ。

私が手伝えるのは、雑巾縫いと謎の刺繍《ししゅう》だけ。

寝支度をして、ラジェとマルクとリビングでまったりしていると、ジョーたちが仕事から帰ってきた。

ジョーは珍しく、ガレルさんと酒を飲んだようだ。部屋に入ってくるなり、抱き着いてくる。少々お酒臭い。

「ミリー、ただいま。俺の可愛いミリー」

「お父さん、おかえり。今日のコカリスは最高だったよ！」

「そうか、そうか。はぁ……ミリー、もうこれ以上は大きくならなくていいぞ。分かったか？」

ジョーが私を膝の上に乗せ、頭を撫でながら言う。

「砂糖のスプーン食いが毎日できるのなら、子供のままでいいよ」

「砂糖スプーン食いからは、早く卒業しろ」

「ええ……」

「今日は誕生日おめでとうな。夕食は一緒に食えなかったが、なんか欲しいもんはあるか？」

ジョー、少し酔っ払ってるな。七歳は別に特別な誕生日じゃないから、プレゼントとかないはずなんだけど。まぁ、おねだりはできる時にやっておこう。

「あるよ！　猫亭の厨房のコンロとオーブンの使用許可が欲しい」

「あー、うーん。そうか。分かった。でも、火は危ないからな。ミリーがちゃんと火の使い方を習うって約束するなら、許可してやるよ」

「はい。先生！」

「調子がいいな。明日から教えてやる。今日はもう遅いから寝ろ」

ジョーに頬を手でスリスリされる。ゴツゴツした手だけど、安心する。

「分かった。明日から絶対だよ。約束だからね。おやすみなさーい」

ルンルンと鼻歌を歌いながら部屋へと戻り、枯渇気絶をして眠る。あぁ、今日も幸せな日だったな。

閑話　レオナルドの懐疑

ダイトリア王国王太子であるレオナルドは唯一の妹であるマリアンヌを亡くして以来、しばらく公務に徹する日々を送っていた。

友人でマリアンヌの夫であったシルヴァンは六年前に妻と子を亡くしたショックから家督を継ぐのを拒否し、教会に身を寄せた。

影に探らせたシルヴァンの様子では、教会の敷地内から外に出ることもなく業務に没頭して今では神官長の役職を賜ったという。レオナルドが舌打ちをしながら首を振る。

（数年、教会にこもれば満足して戻ってくると思ったが、シルヴァンめ……このまま隠居するつもりなのか？）

シルヴァンの父親である宰相のラスターシャ公爵は嫡男の次期公爵位の継承放棄の意思を認めず、今だにその席をシルヴァンのために残しているという。

シルヴァンには弟がいて、兄の代わりに宰相の補佐候補にこそなったが、彼もまた父親と同じ考えのようだ。

けれどもし、死産だったはずの自分の子が生存している可能性があると聞けば、シルヴァンも生きる気力が出るかもしれない——

（いや、間違っていた場合シルヴァンを傷つけるだけだ）

レオナルドが頭を過《よぎ》った考えを振り払う。

レオナルド自身、長い間ルーヤン伯爵夫人の行動に疑問を感じていたが、まさか姪が生きているかもしれないとは想像もしていなかった。

市井にいた少女ミリアナ・スパークに出会うまでは。

◆

ミリアナに噴水で会ったあと、レオナルドは地揺れのあったラッツェ伯爵領を公務で訪れていた。

実際に見る災害の爪痕は報告書に記されたよりも膨大な被害を受けていたため、レオナルドは数日の間さまざまな視察に追われていた。

（王都にはウィルを残したが、上手くやっているだろうか……）

レオナルドはウィリアムに影であるレイヴンとの連絡係を言い渡していた。

ウィリアムにはミリアナが自分の姪かもしれないことは伝えていない。まだはっきりした証拠もない今、これはあくまでもレオナルドの疑いの段階だった。

南の地、ラッツェ伯爵の貴族街のとある一軒で、レオナルドは顔を顰《しか》めていた。

「クソ。やはりルーヤン伯爵夫人はここにはいないのか」

声を抑えて毒づいたレオナルドは、ドアノブに積もった埃を指先で擦りながら部屋の中を見渡す。

「この様子だと数年は誰にも使われてないな。ハロルドめ。王族に虚偽を申すとはいい度胸だな」

レオナルドは数週間前に地揺れで被害の出たラッツェ伯爵領地へ前日に現地入りしていた。

もちろん公務でラッツェの地を訪れていたのだが、前日入りをした目的は別にある。

妹のマリアンヌの死後、乳母だったルーヤン夫人が南の地の別邸で療養していると聞いたので確かめに訪れていたのだった。

ラッツェ伯爵領貴族街の端にひっそりとあるルーヤン伯爵の別邸。

レオナルドはその邸《やしき》をこっそりと、誰にも見つからないように夜中に訪ねた。

初めから、夫人がいない可能性のほうが高いと予想していたが、案の定、夫人どころか管理人もいないようでルーヤン伯爵の別邸は無人だった。

「管理人に話を聞きたかったが、下手したら管理人すらいないのか？　ある意味、好都合だな」

レオナルドは何か手掛かりはないかとルーヤン伯爵別邸に忍び込んだ。

ルーヤン伯爵夫人がこのラッツェの別邸にいるという情報は、ルーヤン伯爵子息のハロルドからもたらされた情報だった。

ハロルドは王家に近い家柄から、学園時代にはレオナルドの側近候補でもあったが、いつの日からか距離を置かれ、そのうちに側近候補から辞退した男だった。

レオナルドは王都に戻ったらすぐにでもハロルドを問い詰めたい気持ちだったが、それをどうにか抑える。

貴族の家庭事情には王族であろうが勝手に立ち入りできない。それに、ハロルドから渡されたのは情報のみ。それを元に貴族の別邸に独断で勝手に忍び込んだなどと口が裂けても言えない。

レオナルドは貴族の暗黙のルールに呆れて目をぐるりと動かした。

（ルーヤン伯爵家か……）

ルーヤン伯爵夫人は数年前から謎の体調の悪さから療養中。マリアンヌが亡くなったことで気力を失くして病気になったとレオナルドはハロルドに聞いていた。

当主のルーヤン伯爵は、夫人が療養を開始したのと同時期、数年前に自宅で倒れて以来、すっかり床に伏せてしまい今も面会謝絶だという。

影であるレイヴンに事実を確認させたが、特に疑問視される行いもなかった。

身体と言語障害を患っているルーヤン伯爵は、教会から派遣された高位の白魔法使いでも治すことは不可能であり、今後の快気の見込みはないと診断されている。

現在は嫡子であるハロルドが実質伯爵家を運営している、と報告書には記載されていた。

（大体、あの淑女のルーヤン伯爵夫人が病気の夫を放置して、別邸で療養するはずがないのだ）

貴族の結婚の多くは政略結婚だ。

愛をはぐくみ円満な婚姻生活を送る貴族もいるが、家督を継ぐ子を設けたあとは他人のように過ごす貴族もいる。ルーヤン夫人は後者だったが、自分の家族を蔑ろにするようなことはなかった。

ルーヤン伯爵夫人はほとんど時間を主人であるマリアンヌに費やしたので、彼女が倒れた夫には付き添わずに別邸で療養していると聞いた他の者は特に疑問視をしなかった。

だが、子供の頃から知っているルーヤン夫人がそのような無責任な女性ではないとレオナルドは報告書の内容をずっと疑問に思っていた。

「いや、ルーヤン夫人が療養しているという報告の前から、この件は何か気に入らない」

レオナルドは目を閉じ、マリアンヌの思い出と亡くなった当時のことを思い出す。

◆

マリアンヌはレオナルドが五歳の時に生まれた妹だった。

初めの一年は髪も生えずに泣くばかりの妹を、一緒に遊ぶことができないつまらない存在だと思っていた。

初めの数年はそんな妹であるマリアンヌに関心を持っていなかったレオナルドだった。

だが、自分を可愛がってくれた剣の師匠が亡くなり、一人悲しんでいる時にマリアンヌは毎日のように部屋を訪れてはたわいもない話をしてはずっとレオナルドの部屋に居座った。

それが、小さなマリアンヌなりの優しさだと気づいてからレオナルドは初めて妹を愛しいと思う感情が芽生えた。

年月が過ぎ、マリアンヌはストロベリーブロンドの髪を持つ見目も心も美しい少女に成長した。

マリアンヌは成長してからもレオナルドはそんな妹をとても可愛がった。

（ああ、懐かしいな）

レオナルドは思い出に微笑みながら家具に被せてあった布を取り、ソファに腰を掛けマリアンヌとの思い出に耽《ふけ》った。

レオナルドが度々城を抜け出していた頃、マリアンヌとの約束をすっかり忘れていたことがあった。

「お兄様！　どちらに行かれるのでしょうか？　本日は私と中庭の花を観賞されるとお約束されておりましたよね？」

「ああ、そうだったな。だが、今日は無理だ」

「……お兄様」

マリアンヌがムスッと顔を顰《しか》める表情……。その顔ですら可愛らしくレオナルドはよく苦笑いをしてしまったものだ。

「代わりにシルヴァンと見に行け。確か今日は城に登城する日だぞ」

「え、そのように急に……シルヴァン様のお邪魔はできません」

「いや、確かこの時間は暇なはずだ。今から呼んでくる。ほらほら、早く着替えたほうがいいぞ」

「お兄様、酷いですわ！」

やや顔を赤らめながら嬉しそうに着替えに行くマリアンヌがまるで昨日のことのようだとレオナルドはため息をつく。

（シルヴァンは表情こそは乏しいが、根はとても誠実で良い友だ。マリアンヌの好意に気づいてくれればいいがな……なんてことを思ってたな）

その思い出から少しして、マリアンヌが八歳の頃、宰相のラスターシャ公爵の子息だったシルヴァンと婚約する運びになり、レオナルドは自分のことのように嬉しかった。

マリアンヌが成人すると共にシルヴァンと婚姻式を挙げ、すぐに子を授かった。

レオナルドが一番驚いたのは、無表情だった友人の激変だった。

シルヴァンはマリアンヌをそれはそれは、心底溺愛し、その様子は周りにも痛いほど伝わるものだった。

レオナルドは愛しい妹が幸せな結婚をできたことに心から安堵していた。

レオナルドのほうもその少し前に、決められた婚約者との婚姻を結んだが、アイリス妃はとても従順な女性で息子のレオンを儲けると夫婦間の話は天気のことばかりになってしまった。


マリアンヌの訃報を受ける少し前。

執務中に息子の訪問を護衛騎士から知らされたレオナルドは、いつもならこの時間は顔を合わせる機会のない息子との貴重な時間を喜んだ。

「おお、レオンか！　父の元に来い」

付き人に連れられ走ってきたレオンを抱き上げ、レオナルドは目を細めた。母親である妃《きさき》のアイリスにも似ているが、やはり自分に一番似ている。口角を上げてレオンの頭を撫でる。

「ちちうえー。これみてくだしゃ」

「おお、レオン。これは、陛下のお顔が彫られた記念硬貨ではないか」

「へいきゃがくだしゃりました」

二歳になったばかりの舌足らずの息子が愛しい反面、幼児に誤飲の可能性がある硬貨などやって、父上は何を考えているのだろうかとレオナルドは苦笑いをする。

「レオン、失くさぬように箱にきちんとしまうのだぞ」

「はい。ちちうえ」

硬貨を付き人に渡し、くれぐれも飲み込まないよう注意してほしいと指示を出す。

レオナルドはそのままレオンを膝の上に乗せると、執務机の上にある書類に目を通し始めた。レオンはすぐに執務机の上に置いてあるガラスと魔石で作らせた兎の置物に興味を持ったようで、チラチラと何度も兎を見る。

「気になるか？　これはな、今度産まれるマリアンヌの子供への贈り物だ」

「マリーおばしゃま？」

「ああ、子が産まれたらレオンも仲良くしてあげてくれ」

「いっしょにけんをしましゅ」

「剣か？　気が早いな。レオンは剣の稽古を始めたのか？」

控えている付き人に尋ねれば、レオンは最近では専《もっぱ》ら騎士に憧れていると回答を貰う。

「おとこのゆうじょう、いっしょう」

「おいおい。全く、どこでそんな言葉を習ったのだ。それに男か女かまだ分かっていないんだぞ。レオンは男がいいのか？」

「んー」

首を傾げ真剣に悩み始めるレオンに、辺りにいた全員の口から自然と笑みが溢れた。レオナルドはレオンの頭をワシャワシャと撫でて言う。

「男でも女でも可愛がってやれ」

「わかりましゅた」

(これが目に入れても痛くないという感情だな)

レオナルドは再びレオンを見て目を細める。

慌ただしく連絡係の文官が執務室へと入ってきたのは、その時だった。

「王太子に緊急の報告がございます。人払いを申し上げます」

レオンを付き人に渡し、使用人共々退室させる。

レオナルドは執務席に座り直すと、低い声で尋ねた。

「緊急の報告とはなんだ」

「マリアンヌ王女様が創造神の元に向かわれる準備に入りましたことをお知らせいたします」

「は?　なんと言った?」

「マリアンヌ王女様が創造神の元——」

再び同じ言葉を繰り返そうとした文官の言葉に手を上げ遮る。

憤りと困惑の表情で黙り込んだあと、レオナルドは文官に尋ねた。

「……お前はマリアンヌが死んだと言っているのか?　そんなわけはなかろう」

「僭越《せんえつ》ながら事実にございます」

文官の報告では出産の予後が悪く、マリアンヌは産後間もなく命尽きたという。また子も死産だったと続けられた。

「何故、今まで何も報告がなかった？」

「急な事態だったのでしょうか。我々には悲報のみが届いておりました」

レオナルドは少しの間、執務机の上で風に揺られる書類を目を見開いて見つめた。文官が恐る恐るレオナルドに声を掛ける。

「で、殿下？」

「連絡は確かに受け取った。陛下への連絡は？」

「すでに文官長が報告に向かいました」

「そうか。ラスターシャ公爵邸へ向かう準備をせよ」

レオナルドが無表情で伝えると、深々と礼をして文官は執務室をあとにした。部屋に一人残されたレオナルドは荒ぶる気持ちを抑え、天井へ向け声を掛ける。

「ブロン、いるか？」

「はっ、ここに」

ゆっくりと黒い煙に包まれどこからとなく姿を現したのは中肉中背で茶色の目と茶色の髪の特に特徴のないどこにでもいるような青年だった。

「全てを調べ報告しろ」

「それから少しの間で良い、一人にしてくれ」

「承りました」

「承知いたしました」

返事をするとすぐにブロンは姿を消した。

レオナルドはがっくりと項垂れると、執務机にある、甥か姪になる予定だった子に向けて注文したガラス細工の兎を握り、そのまま壁へ投げつけた。

「何故、マリアンヌが先に逝くのだ」

レオナルドは手を顔に当てると声を押し殺して涙を流した。


レオナルドがラスターシャ公爵邸へ到着すると、泣きはらしたのか目元の赤い使用人の中からマリアンヌの義父であるラスターシャ公爵、ギデオンが進み出て地面に膝をついた。頭を下げたギデオンが口を開く。

「殿下、誠に申し訳ございません」

「ラスターシャ宰相、やめろ」

「いえ、私の責任――」

「お前がマリアンヌに直接手を下したのか？」

レオナルドが無表情で尋ねると、ギデオンは首を横に振り、ゆっくりと立ち上がる。

「マリアンヌ王女の元へご案内させていただきます」

案内されたのは、屋敷で一番景色の良い、マリアンヌの私室だった。

外の天気の良さとは対照的に雰囲気は暗く、屋敷は深い悲しみで包まれていた。

「殿下、部屋には最低限の使用人だけを配置いたします」

「ラスターシャ宰相の心遣い、感謝する。陛下は送りの儀式にて姿を現される」

「陛下の心中お察しいたします」

(父上もできるのならば、今すぐにでもマリアンヌに会いに来たいはずだ)

レオナルドはつくづく王族とは自由がなく窮屈なものだと心の中で嘆《なげ》く。

このような時でさえダイトリア王国の王でいなければならない。その様子はまるで未来の自分を見ているかのようだった。

ギデオンが従者一人を残し、部屋から退室する。

まるで眠っているかのようにベッドに横たわるマリアンヌの傍らには、その手を握るシルヴァン。それから赤子用の小さな棺《ひつぎ》の横で憔悴したルーヤン夫人がいた。棺《ひつぎ》はすでに閉棺《へいかん》されていた。死産だったら珍しくない処置だ。レオナルドはあえて棺《ひつぎ》を確認することはなかった。

レオナルドはベッドに横たわるマリアンヌの顔を手の甲で優しく撫でる。今にも目覚めそうな表情だったが、冷たい体温からは生を感じなかった。

「マリアンヌ、私の美しい妹、兄は君にもっと生きていてほしかった」

額に口づけをして別れの言葉を贈る。

「また逢う日までの別れだ。その時は飽きるまで花を観賞しようぞ」

しばらく黙どうしたあとでレオナルドは数回シルヴァンに声を掛けたが反応がない。痺れを切らしたレオナルドは後ろから肩を叩き、やや大声で呼びかけた。

「おい、シルヴァン」

「レオ……マリアンヌの手が冷たいのだ」

「ああ……」

「どうすればまた温かくなるのだ？」

「辛いだろうが、後悔しないようにちゃんと別れをするのだ、シルヴァン」

それからしばらく全員が無言でマリアンヌを側で見守った。窓からは赤い夕焼けが沈み始めるのが見えた。それはまるでマリアンヌの髪のように美しい夕焼けで、レオナルドは自然と頬が濡れるのが分かった。その後、マリアンヌは最期の沐浴と着替えのために教会から派遣された女性の神官が準備を始めた。

疲労からか、ぐっと年を重ねたように疲れた表情のルーヤン夫人の手を軽く握る。

「ルーヤン夫人……マルグリット、ご苦労であった」

「殿下のお言葉、感謝いたします」

レオナルドの手をルーヤン夫人が握り返すと、凹凸《おうとつ》のある指輪を肌に感じた。子供の頃によく感じた懐かしい感覚だ。ルーヤン伯爵家に代々伝わるごつごつとした指輪、ルーヤン夫人は時折その大きさに文句を言いながらも片時も外すことはなかった。

「夫人に倒れられたら困る。送りの儀式まで少し休むと良い」

「いえ、この小さな姫を守ることが、私からマリアンヌ様にできる最後のことでございます」

「そうか……姪を頼む」

ルーヤン夫人が淑女の礼をする。それから、マリアンヌと子を離れ離れにしたくないと、子の入った棺《ひつぎ》と共に準備の完了した神官たちと連れ立って部屋を退室した。

メイドが魔道具に灯りをつけ始めてもなお、呆然とマリアンヌのいたベッドを見つめるシルヴァン。その目は今にも光が消えそうだった。

「シルヴァン、しっかりしろ」

レオナルドの叱咤にシルヴァンからの返事はなかった。

(この状態では何を言っても無駄だな)

レオナルドは部屋を出ると誰にも聞こえないようにブロンに命令をする。

「シルヴァンにしばらく別の見張りを付けろ」


その日のうちに教会に無事二人の棺《ひつぎ》を納めると、送りの儀に向けギデオンに準備された公爵家の部屋でレオナルドは一人、深夜にワインをいつもより早いペースで飲んだ。

「ブロン、いるか?」

「ここに」

「報告しろ」

ブロンからマリアンヌの死因は医師の診断通り、出産による突然死だと報告される。外傷、毒の双方を確認したが何もなかったという。

「子は？」

「申し訳ありません。お子に関してはルーヤン伯爵夫人が片時も棺《ひつぎ》から離れず、そのまま教会に受け渡されてしまいました」

「そうか……分かった」

教会に収められたあとの棺《ひつぎ》を暴くことは、その者が神の元に戻り生まれ変わる過程を妨害することになる。この行為は平民の間だけではなく、王族にとっても禁忌だった。

（母であるマリアンヌが突然死であるのならば、医師とルーヤン夫人を疑うこともないだろう）

ブロンを下げワインを一人嗜んだレオナルドは、この時に父であるシルヴァンが子の確認をしているだろうと判断したことをあとになって悔やんだ。

早朝、まだ屋敷が寝静まる中、眠れないままでワインを飲み過ぎたレオナルドは酔いを醒ますため、中庭に向かった。その途中、ルーヤン夫人と偶然廊下ですれ違った。

「マルグリット、こんな早くにどうしたのだ？　その手元の布はなんだ？」

「これはひーさまのおくるみにてございます」

「棺《ひつぎ》に入れ忘れたのか？」

「いえ、あの、レオナルド殿下――」

突然、ルーラン夫人の言葉を遮るように空が光り大きな落雷が鳴り響く。

急に振り出した雨を窓から眺め、レオナルドは顔を引きつらせながら笑う。

「困ったな。中庭で酔いを醒ますつもりだったのに。マルグリット、何か言いかけていたな」

「いえ、お酒はほどほどに御身体を大切にしてくださいませ」

「それはお互い様だな。顔色がすこぶる悪いぞ。送りの儀の前に少しは休んでくれ」

「わたくしには身に余るお言葉です。本当に……」

ルーヤン夫人と別れたレオナルドは、しばらくベッドで横になりながらマリアンヌとの思い出に浸り、そのうちにいつのまにか意識を手放していた。


同日の午後から、マリアンヌとその子の送りの儀が盛大に教会で行われた。

シルヴァンは傍目から見れば淡々と儀式を行っているように見えたが、その実、まるで抜け殻のようにも見える動きにレオナルドは心配になった。

ルーヤン夫人がきちんと休むことができたのか確認しようとしたが、儀式中に姿を捉えることはできず不思議に思った。

(人が多いにしても、家族も同然のルーヤン夫人は前列のどこかにいるはずなのだが……)

儀式のあともレオナルドはルーヤン夫人を探したが、結局姿を見つけることはできなかった。

送りの儀から少しして、レオナルドはルーヤン夫人をマリアンヌの送りの儀不在の件で呼び出そうとしたが、ルーヤン伯爵家から夫人が体調を壊し王都から離れ療養するという内容の手紙を受け取った。

(マルグリットが何も言わずに王都を離れるはずがない)

さすがに療養先から夫人を呼び出すような真似はできないが、死亡証明書を記載したワット医師なら呼び出せる。

レオナルドは緊急の召喚状をワット医師に送ったが、期限になっても彼が現れることはなかった。西区にあるワット医師の診療所兼自宅を影に調べさせれば、数週間ワット医師が帰った様子はなく、争った跡が何者かに隠匿されていた痕跡があったという。

「ブロン、ワット医師が関わっていた貴族を全員調べろ。家族構成から使用人まで全てだ」

こうしてレオナルドの疑念は大きく膨らんでいった。

新 ＊ 感 ＊ 覚　ファンタジー！

レジーナブックス Regina

レジーナブックス Regina

もうこんな家族なんて いらない!?

可愛くない私に価値はないのでしょう？

青空一夏《あおぞらいちか》

イラスト：ウラシマ

フラメル商会の長女、グレイス・フラメル。両親は愛らしい容姿の妹を可愛がり、平凡な彼女は家族から虐げられる毎日を過ごしていた。ある日川で溺れかかっている少女を助けるが、そのせいで使いを果たせなかったと家族に罵られ、妹の婚約者から殴られてしまう。我慢の限界を迎え、出奔したグレイスは、美しい青年に声をかけられる。彼は妹を助けた人間を探しており、実は隣領の伯爵家の令息で……!?

詳しくは公式サイトにてご確認ください。

https://www.regina-books.com/

携帯サイトはこちらから！

新＊感＊覚ファンタジー！

レジーナブックス Regina

さようなら、愛した旦那様

あなたの愛が正しいわ

来須《くるす》みかん
イラスト：ヤミーゴ

「君の愛は迷惑なんだ」――夫の身勝手をフォローするため献身的に働き続けてきた伯爵夫人ローザ。そんな妻に「見苦しい」と言い放った夫デイヴィスの望みは、ローザが伯爵夫人として美しく着飾り、社交に精を出し、夫に依存せずほどよい距離を保つこと。それなら彼の言う通りにしてやろうと決めたローザが夫好みの可愛らしい服装をやめると、途端に社交界での評価が爆上がりして――⁉

詳しくは公式サイトにてご確認ください。

https://www.regina-books.com/

携帯サイトはこちらから！

この作品に対する皆様のご意見・ご感想をお待ちしております。

おハガキ・お手紙は以下の宛先にお送りください。

【宛先】

〒150-6008 東京都渋谷区恵比寿4-20-3 恵比寿ｶﾞｰﾃﾞﾝﾌﾟﾚｲｽﾀﾜｰ８Ｆ
（株）アルファポリス　書籍感想係

メールフォームでのご意見・ご感想は右のＱＲコードから、
あるいは以下のワードで検索をかけてください。

アルファポリス　書籍の感想　検索

ご感想はこちらから

本書は、「アルファポリス」（https://www.alphapolis.co.jp/）に掲載されていたものを、
改稿、加筆のうえ、書籍化したものです。

転生《てんせい》したら捨《す》てられたが、拾《ひろ》われて楽《たの》しく生《い》きています。３

トロ猫（とろねこ）

2023年 10月 5日初版発行

編集ー飯野ひなた
編集長ー倉持真理
発行者ー梶本雄介
発行所ー株式会社アルファポリス
〒150-6008 東京都渋谷区恵比寿4-20-3 恵比寿ｶﾞｰﾃﾞﾝﾌﾟﾚｲｽﾀﾜｰ8F
TEL 03-6277-1601（営業） 03-6277-1602（編集）
URL https://www.alphapolis.co.jp/
発売元ー株式会社星雲社（共同出版社・流通責任出版社）
〒112-0005 東京都文京区水道1-3-30
TEL 03-3868-3275
装丁・本文イラストーみつなり都
装丁デザインーAFTERGLOW
（レーベルフォーマットデザイン—ansyyqdesign）
印刷ー図書印刷株式会社

価格はカバーに表示されてあります。

落丁乱丁の場合はアルファポリスまでご連絡ください。

送料は小社負担でお取り替えします。


ISBN978-4-434-32685-1 C0093